いじめ

―闇からの歌声―

武内昌美／著
五十嵐かおる／原案・イラスト

JN251118

ニア文庫★

登場人物《とうじょうじんぶつ》

日菜子《ひなこ》

穂波《ほなみ》

澄乃《すみの》

プロローグ

「日菜子《ひなこ》、元気《げんき》でね」

しゃくりをあげながら言《い》う凛香《りんか》の顔《かお》は、涙《なみだ》でぐしゃぐしゃだ。

「二年《にねん》になって、二《に》か月《げつ》しか一緒《いっしょ》にいられなかったけど、最高《さいこう》に楽《たの》しかったよ」

「絶対《ぜったい》、うちらのこと忘《わす》れないでよね」

祥子《しょうこ》と美玖《みく》も、涙《なみだ》が止《と》まらない。

「やだなあ、泣《な》かないでよ」

笑《わら》いながら言《い》ったが、日菜子《ひなこ》も涙《なみだ》があふれて止《と》まらない。

日菜子《ひなこ》、凛香《りんか》、祥子《しょうこ》、美玖《みく》……中学《ちゅうがく》二年生《にねんせい》になった時《とき》、たまたま席《せき》が近《ちか》かった四人《よにん》。

「きっと、神様《かみさま》がめぐり合《あ》わせてくれたんだよ」

そうとしか思《おも》えないほど、四人《よにん》はすぐに仲良《なかよ》くなった。どこに行《い》くのも、何《なに》をするのも一緒《いっしょ》。みんなでいると楽《たの》しくて、嬉《うれ》しくて、毎日幸《まいにちしあわ》せだった。ずっと、こんな日《ひ》が続《つづ》くと思《おも》っていた。

日菜子《ひなこ》の転校《てんこう》が、決《き》まるまでは。


今日《きょう》は、この中学《ちゅうがく》で過《す》ごす最後《さいご》の日《ひ》。

大好《だいす》きな友《とも》だちと過《す》ごす、最後《さいご》の日《ひ》。

「日菜子《ひなこ》お」

四人《よにん》で抱《だ》き合《あ》って泣《な》く。緩《ゆる》やかな風《かぜ》が、四人《よにん》の濡《ぬ》れた頬《ほお》をひんやりと過《す》ぎていく。四人《よにん》を取《と》り囲《かこ》む緑《みどり》にあふれたこの中庭《なかにわ》は、いつも一緒《いっしょ》におしゃべりをしていた場所《ばしょ》だ。

「絶対《ぜったい》、絶対忘《ぜったいわす》れないよ」

日菜子《ひなこ》は、止《と》まらない涙《なみだ》を手《て》の甲《こう》で拭《ふ》きながら、ポケットをまさぐった。

「これ、みんなに」

そう言《い》ってポケットから出《だ》したものを、日菜子《ひなこ》はみんなに配《くば》った。

ミサンガ。凛香《りんか》にはピンク、祥子《しょうこ》には緑《みどり》、美玖《みく》にはオレンジ。そして、自分《じぶん》の手首《てくび》にはブルー。編《あ》み込《こ》まれたビーズが、日《ひ》の光《ひかり》を受《う》けて、キラキラと輝《かがや》いている。

「あたし達《たち》の友情《ゆうじょう》の印《しるし》」

日菜子《ひなこ》は、一人《ひとり》ひとりの手首《てくび》にミサンガを巻《ま》いていった。

「忘《わす》れないでね、あたしのこと」

「……忘《わす》れる訳《わけ》、ないじゃんっ……！」

緑《みどり》のミサンガをつけた祥子《しょうこ》が、日菜子《ひなこ》に抱《だ》き付《つ》いた。

「日菜子《ひなこ》が転校《てんこう》する学校《がっこう》の子達《こたち》、うらやましい。日菜子《ひなこ》を渡《わた》したくないよ」

凛香《りんか》と美玖《みく》も日菜子《ひなこ》に抱《だ》き付《つ》く。

「離《はな》れてても、うちら親友《しんゆう》だよね」

「一生《いっしょう》、親友《しんゆう》だからね」

制服《せいふく》がしわになるほど強《つよ》く抱《だ》きしめ合《あ》う四人《よにん》の手首《てくび》に、それぞれのミサンガが日《ひ》の光《ひかり》を反射《はんしゃ》して輝《かがや》く。

キラキラとしたその光《ひかり》は、十四歳《じゅうよんさい》の少女《しょうじょ》たちの友情《ゆうじょう》と同《おな》じように強《つよ》く、そして儚《はかな》くきらめいていた。

一

　玄関《げんかん》のドアを開《あ》けた途端《とたん》、たくさんのマンションが目《め》の前《まえ》に広《ひろ》がっている。あじさい色《いろ》をした六月《ろくがつ》の空《そら》の下《した》、見慣《みな》れない景色《けしき》に思《おも》わず息《いき》を飲《の》んだ。

「日菜子《ひなこ》、ハンカチはちゃんと持《も》った？」

　紺色《こんいろ》のスーツの前《まえ》ボタンを閉《し》めながら、母《はは》が奥《おく》から出《で》て来《き》た。

「持《も》ったよ」

「ティッシュは？　転校《てんこう》の初日《しょにち》なんだから、忘《わす》れ物《もの》しちゃダメよ。転校生《てんこうせい》は、第一印象《だいいちいんしょう》が大事《だいじ》なんだからね」

「ハイハイ」

　言《い》われなくても、分《わ》かってる。それにしても確認《かくにん》する忘《わす》れ物《もの》がハンカチとティッシュなんて、あたしのこと何歳《なんさい》だと思《おも》ってるの？　文句《もんく》を言《い》いたいが、やめておいた。挨拶《あいさつ》のために初《はじ》めての学校《がっこう》に一緒《いっしょ》に行《い》くのに、母《はは》も緊張《きんちょう》しているのだ。

母《はは》がドアの鍵《かぎ》をかける。長《なが》く続《つづ》く廊下《ろうか》にひと気《け》はない。百世帯《ひゃくせたい》以上《いじょう》住《す》む大《おお》きな分譲《ぶんじょう》マンションだというのに、廊下《ろうか》では誰一人《だれひとり》顔《かお》を合《あ》わせる人《ひと》はいなかった。以前《いぜん》住《す》んでいた社宅《しゃたく》では必《かなら》ず誰《だれ》かと出《で》くわしていたことを思《おも》うと大違《おおちが》いだ。本当《ほんとう》に人《ひと》が住《す》んでいるのか不安《ふあん》になるが、母《はは》は鼻歌《はなうた》まじりだ。

「なんかひと気《け》がなくて寂《さび》しくない？」

「そーお？　こういう方《ほう》が気《き》が楽《らく》じゃない？」

「ふうん」

気《き》がなさそうに返事《へんじ》をしたものの、日菜子《ひなこ》は少《すこ》し母《はは》がうらやましかった。

これから日菜子《ひなこ》は、新《あたら》しい学校《がっこう》に行《い》き、一《いち》から人間関係《にんげんかんけい》を築《きず》いていかなくてはならないのだ。一日中一緒《いちにちじゅういっしょ》に過《す》ごす、ものすごく濃《こ》い人間関係《にんげんかんけい》を……そしてその中《なか》から、友人《ゆうじん》を、親友《しんゆう》を作《つく》っていかなくてはならない。他人《たにん》に無関心《むかんしん》で気楽《きらく》な生活《せいかつ》とは程遠《ほどとお》い、神経《しんけい》を使《つか》う日々《ひび》が始《はじ》まる。

日菜子《ひなこ》の転校《てんこう》は、幼稚園《ようちえん》も含《ふく》めたら、もう六回目《ろっかいめ》だ。

父《ちち》が転勤族《てんきんぞく》で、多《おお》い時《とき》には一年《いちねん》に二回《にかい》も転校《てんこう》したこともある。

でも、今回《こんかい》で、転校《てんこう》は最後《さいご》になる。

「日菜子《ひなこ》も中二《ちゅうに》だし、住《す》む地域《ちいき》が日菜子《ひなこ》の進路《しんろ》に関《かか》わってくる。もうここでマンションを買《か》って、ずっと住《す》むことにしよう」

今回《こんかい》の転勤《てんきん》が決《き》まった時《とき》の父《ちち》の言葉《ことば》に、母《はは》は涙《なみだ》を流《なが》さんばかりに喜《よろこ》んだ。転勤《てんきん》する限《かぎ》り続《つづ》く社宅暮《しゃたくぐ》らしにうんざりしていたのかもしれない。

でも日菜子《ひなこ》にとって、ここが最後《さいご》の転校場所《てんこうばしょ》となると、緊張《きんちょう》はいつもとは比《くら》べ物《もの》にならない。もう簡単《かんたん》に人間関係《にんげんかんけい》のリセットが出来《でき》なくなったのだ。

絶対《ぜったい》、友《とも》だち作《づく》りに失敗出来《しっぱいでき》ない。

凛香《りんか》、祥子《しょうこ》、美玖《みく》の顔《かお》が目《め》に浮《う》かぶ。今《いま》でも日菜子《ひなこ》の親友《しんゆう》であり、宝物《たからもの》だ。

学校生活《がっこうせいかつ》は友《とも》だちで全《すべ》てが決《き》まる。前《まえ》の学校《がっこう》では彼女《かのじょ》たちのおかげで毎日楽《まいにちたの》しく、キラキラしていた。

頑張《がんば》らないと……。今度《こんど》は、本当《ほんとう》に一生《いっしょう》の付《つ》き合《あ》いになる友《とも》だちになるのだから。

「この市立第二中《いちりつだいにちゅう》は、全国《ぜんこく》で行《おこな》う学力《がくりょく》テストで、常《つね》に県《けん》の平均点《へいきんてん》を上回《うわまわ》る成績《せいせき》を収《おさ》める、優秀《ゆうしゅう》な生徒《せいと》が多《おお》い学校《がっこう》です。それだけでなく、運動部《うんどうぶ》の活動《かつどう》も活発《かっぱつ》で、県大会《けんたいかい》の常連《じょうれん》になっている部《ぶ》もあるんですよ」

ふさふさとした白髪《しらが》から整髪剤《せいはつざい》の匂《にお》いをさせながら、校長《こうちょう》がにこやかに話《はな》す。日菜子《ひなこ》は校長《こうちょう》の話《はなし》を聞《き》くとはなしに耳《みみ》にしながら、通《とお》された校長室《こうちょうしつ》に飾《かざ》られた歴代校長《れきだいこうちょう》の写真《しゃしん》を眺《なが》めていた。転校《てんこう》するといつも最初《さいしょ》に校長室《こうちょうしつ》に通《とお》され、応接《おうせつ》セットの革張《かわば》りソファに座《すわ》らされ、校長《こうちょう》の学校自慢《がっこうじまん》を聞《き》かされる。たいてい良《よ》い事《こと》ばかり言《い》うが、実《じつ》はそんなでもないことを、日菜子《ひなこ》は経験上《けいけんじょう》良《よ》く分《わ》かっていた。しかし、母《はは》はホッとした表情《ひょうじょう》を浮《う》かべてうなずいた。

「そうですか。そんな良《よ》い環境《かんきょう》の学校《がっこう》でしたら、本当《ほんとう》に安心《あんしん》です」

「日菜子《ひなこ》さんが入《はい》る二年三組《にねんさんくみ》、このクラスはとても良《よ》いクラスですよ。団結《だんけつ》が強《つよ》くて、活気《かっき》のある楽《たの》しいクラスです。きっとすぐ打《う》ち解《と》けて、みんなと仲良《なかよ》くなれると思《おも》いますよ」

校長《こうちょう》が笑顔《えがお》を母《はは》の隣《となり》に座《すわ》る日菜子《ひなこ》に向《む》けた。すると校長《こうちょう》の隣《となり》に座《すわ》っていた担任《たんにん》の江川《えがわ》と

いう女性教師《じょせいきょうし》が立《た》ち上《あ》がり、

「じゃあ、日菜子《ひなこ》さんは教室《きょうしつ》に行《い》きましょうか」と促《うなが》した。

日菜子《ひなこ》の心臓《しんぞう》がどきんと大《おお》きく鳴《な》った。

「いってらっしゃい。頑張《がんば》ってね」

母《はは》が小《ちい》さくガッツポーズを見《み》せる。それに手《て》を振《ふ》り、日菜子《ひなこ》は江川先生《えがわせんせい》について校長室《こうちょうしつ》を出《で》た。

「校長先生《こうちょうせんせい》が言《い》った通《とお》り、うちのクラスは良《よ》いクラスよ。転校生《てんこうせい》が来《く》るって話《はな》したら、すごく盛《も》り上《あ》がっていたの。みんな楽《たの》しみにしてるからね」

細《ほそ》い目《め》をますます細《ほそ》めて、江川先生《えがわせんせい》が言《い》った。

良《よ》いクラス……楽《たの》しみにしてる……そういう言葉《ことば》が、日菜子《ひなこ》を一番緊張《いちばんきんちょう》させる。その良《よ》いクラスに、自分《じぶん》は上手《うま》くなじんでいけるだろうか。みんなの楽《たの》しみを、裏切《うらぎ》ったりしないでいられるだろうか。

初《はじ》めての教室《きょうしつ》に向《む》かう、この瞬間《しゅんかん》がいつでも一番苦《いちばんくる》しい。階段《かいだん》を昇《のぼ》り、三階《さんがい》にある二年《にねん》生《せい》の教室《きょうしつ》の並《なら》ぶ廊下《ろうか》に足《あし》を踏《ふ》み入《い》れる。ドキドキドキドキドキ、鼓動《こどう》が激《はげ》しく響《ひび》き、手《て》や足《あし》が震《ふる》えてくる。

静《しず》かな廊下《ろうか》の中《なか》、ひとつだけ賑《にぎ》やかな教室《きょうしつ》の前《まえ》に着《つ》く。江川先生《えがわせんせい》は、「二年三組《にねんさんくみ》」と書《か》かれた札《ふだ》の下《さ》がる引《ひ》き戸《ど》をガラリと開《あ》けた。

「みんな、お待《ま》ちかねの転校生《てんこうせい》よ」

江川先生《えがわせんせい》の声《こえ》で、蜂《はち》の巣《す》をつついたような騒《さわ》ぎだった教室《きょうしつ》が、急《きゅう》に静《しず》まり返《かえ》った。ぴんと張《は》り詰《つ》めた空気《くうき》が漂《ただよ》う。

教室中《きょうしつじゅう》の視線《しせん》が、一斉《いっせい》に江川先生《えがわせんせい》に、そして後《うし》ろに立《た》つ日菜子《ひなこ》に向《む》けられる。

ああ、始《はじ》まった………。日菜子《ひなこ》は緊張《きんちょう》して硬《かた》くなった喉《のど》でゴクリと息《いき》を飲《の》み、何度《なんど》もまばたきをしながら小《ちい》さく頭《あたま》を下《さ》げた。

いきなりニッコリしてはいけない。馴《な》れ馴《な》れしさは、初対面《しょたいめん》では相手《あいて》と溝《みぞ》を作《つく》ることもある。みんなが転校生《てんこうせい》に求《もと》めているのは、緊張感《きんちょうかん》と初々《ういうい》しさ。主導権《しゅどうけん》は、転校先《てんこうさき》のクラスメート達《たち》にあるのだ。みんなに転校生《てんこうせい》の日菜子《ひなこ》の緊張《きんちょう》を解《と》いてもらうという構図《こうず》でなければならないのだ。

「高階日菜子《たかしなひなこ》さんです。高階《たかしな》さん、こっちにいらっしゃい」

教卓《きょうたく》の前《まえ》に立《た》った江川先生《えがわせんせい》に促《うなが》され、日菜子《ひなこ》は教壇《きょうだん》の上《うえ》に上《あ》がろうとした。その足《あし》が、教壇《きょうだん》に引《ひ》っかかり、日菜子《ひなこ》は派手《はで》な音《おと》を立《た》てて転《ころ》んでしまった。その拍子《ひょうし》に、カバンの中《なか》の物《もの》がそこら辺《へん》に散《ち》らばる。

「ああ！」

「大丈夫《だいじょうぶ》!?」

江川先生《えがわせんせい》と共《とも》に、一番前《いちばんまえ》に座《すわ》っていた女子生徒達《じょしせいとたち》が日菜子《ひなこ》の側《そば》に駆《か》け寄《よ》る。

「だ、大丈夫《だいじょうぶ》です……ごめんなさい、ありがとう」

日菜子《ひなこ》を助《たす》けてくれた女子生徒達《じょしせいとたち》にペコペコと頭《あたま》を下《さ》げてお礼《れい》を言《い》う。そしてしたたか打《う》った膝《ひざ》をさすりながら、日菜子《ひなこ》は教卓《きょうたく》の前《まえ》に立《た》った。

「えっと……。あの、いきなりこんなで、やだ、恥《は》ずかしいです……」

視線《しせん》を落《お》としながら蚊《か》の鳴《な》くような声《こえ》でそう言《い》うと、「大丈夫《だいじょうぶ》！」という声《こえ》が掛《か》かった。

「気《き》にしない、気《き》にしない！」

「ドンマイ！」

クラス中《じゅう》から温《あたた》かい笑《わら》い声《ごえ》と共《とも》に掛《か》けられる声《こえ》に、日菜子《ひなこ》の強張《こわば》った頬《ほお》に小《ちい》さく笑《え》みが浮《う》かぶ。

「……ありがとう……。良《よ》かったです、みんな優《やさ》しいクラスで……」

日菜子《ひなこ》が心《こころ》から思《おも》った言葉《ことば》だった。

最初《さいしょ》に、ドジでおっちょこちょいな部分《ぶぶん》を見《み》せる。そういう部分《ぶぶん》に思《おも》いやりを見《み》せてくれるクラスでは、たいてい上手《うま》くやっていけるのだ。注《そそ》がれる優《やさ》しい眼差《まなざ》しにホッとしながら、日菜子《ひなこ》は続《つづ》けた。

「隣《となり》の県《けん》の咲田市《さくたし》から来《き》た、高階日菜子《たかしなひなこ》です。よろしくお願《ねが》いします」

日菜子《ひなこ》が頭《あたま》を下《さ》げると、クラス中《じゅう》から拍手《はくしゅ》が起《お》こった。ああ、ちゃんと迎《むか》え入《い》れてもらえた……。とりあえず、第一関門突破《だいいちかんもんとっぱ》だ。小《ちい》さく安堵《あんど》のため息《いき》をつきながら教室《きょうしつ》を見渡《みわた》すと、一人《ひとり》の女子生徒《じょしせいと》に目《め》がいき、動《うご》かせなくなった。

たくさんの生徒《せいと》の日菜子《ひなこ》を見《み》つめる優《やさ》しい眼差《まなざ》しと、彼女《かのじょ》は明《あき》らかに違《ちが》っていたのだ。色《いろ》が白《しろ》く、明《あか》るい栗色《くりいろ》のショートカットのせいか、他《ほか》の生徒《せいと》より大人《おとな》っぽく見《み》える。それだけでも目立《めだ》つのだが、日菜子《ひなこ》の目《め》を引《ひ》いたのは、彼女《かのじょ》の日菜子《ひなこ》を見《み》る、驚《おどろ》いたような表情《ひょうじょう》だった。見開《みひら》かれたその目《め》は、明《あき》らかに思《おも》いがけない人《ひと》に出会《であ》ったそんな時《とき》に見《み》せるものなのだけど、日菜子《ひなこ》には全《まった》く覚《おぼ》えがない。

誰《だれ》だっけ……。どっかで、会《あ》った……？　全《まった》く思《おも》い出《だ》せない。まずいな……、ここで思《おも》い出《だ》せないと、「私《わたし》のこと覚《おぼ》えてないの？　薄情者《はくじょうもの》！」などと言《い》われて、この先《さき》のこのクラスでの生活《せいかつ》がお先真《さきま》っ暗《くら》になってしまいかねない。

誰《だれ》だっけ、えっと、えっと………。

必死《ひっし》に思《おも》い出《だ》そうとしていたが、江川先生《えがわせんせい》の「どうしたの？」という声《こえ》で我《われ》に返《かえ》った。

「高階《たかしな》さんの席《せき》は、窓際《まどぎわ》の一番後《いちばんうし》ろの、あの席《せき》ね。杉本《すぎもと》さん、よろしくね」

江川先生《えがわせんせい》が指《ゆび》さした席《せき》の前《まえ》の座席《ざせき》の女子生徒《じょしせいと》が、日菜子《ひなこ》に笑顔《えがお》で手《て》を振《ふ》った。

先《さき》ほど日菜子《ひなこ》をじっと見《み》つめた女子生徒《じょしせいと》から、離《はな》れた席《せき》だった。ちょっと緊張感《きんちょうかん》が解《と》かれ、日菜子《ひなこ》は手《て》を振《ふ》ってくれている杉本《すぎもと》と呼《よ》ばれた女子生徒《じょしせいと》に小《ちい》さく笑《わら》った。

「よろしくお願《ねが》いします」

「あたし、杉本澄乃《すぎもとすみの》。わかんないことあったら、何《なん》でも聞《き》いてね！　こっちも高階《たかしな》さんのこと、質問攻《しつもんぜ》めにしちゃうから！」

日菜子《ひなこ》が席《せき》につくと、杉本澄乃《すぎもとすみの》はウインクをして、前《まえ》に向《む》き直《なお》った。

窓《まど》から入《はい》る日《ひ》の光《ひかり》を受《う》けて、澄乃《すみの》のポニーテールがキラキラ光《ひか》る。今《いま》まで転校《てんこう》した、どの学校《がっこう》にも必《かなら》ずいた、面倒見《めんどうみ》の良《よ》い優《やさ》しい生徒《せいと》。よろしくお願《ねが》いします、と、日菜子《ひなこ》は心《こころ》の中《なか》で、そのポニーテールに頭《あたま》を下《さ》げた。

どうぞこのクラスで、私《わたし》が上手《うま》くやっていけますように。

本当《ほんとう》に、本当《ほんとう》によろしくお願《ねが》いします。

授業《じゅぎょう》の終《お》わるチャイムが響《ひび》き渡《わた》る。教師《きょうし》が教室《きょうしつ》から出《で》て行《い》くと同時《どうじ》に、前《まえ》の席《せき》に座《すわ》っていた澄乃《すみの》が日菜子《ひなこ》に向《む》き直《なお》った。それを合図《あいず》のように、教室中《きょうしつじゅう》の女子《じょし》がワッと日菜子《ひなこ》の周《まわ》りに集《あつ》まってきた。みんな転校生《てんこうせい》に興味津々《きょうみしんしん》で、目《め》をキラキラさせている。

「さっき転《ころ》んだの、大丈夫《だいじょうぶ》だった？」

「家《いえ》、どこ？」

「前《まえ》の学校《がっこう》で、なんて呼《よ》ばれてたの？」

「ストップ！　待《ま》て待《ま》て、みんな！」

一斉《いっせい》に質問《しつもん》され目《め》を丸《まる》くしている日菜子《ひなこ》の前《まえ》に、澄乃《すみの》が手《て》を伸《の》ばす。するとまるで衝立《ついたて》でも立《た》てられたかのように、質問《しつもん》がピタリとやんだ。

「そんなにいっぺんに聞《き》いたら、高階《たかしな》さんビビっちゃうじゃない。ね、なんて呼《よ》ばれてたの、前《まえ》の学校《がっこう》で？」

澄乃《すみの》がニッコリと笑《わら》いながら日菜子《ひなこ》に尋《たず》ねた。

「えと……日菜子《ひなこ》とか、日菜《ひな》とか……。でも、好《す》きに呼《よ》んでもらえたら………。今《いま》はもう、ここのクラスにいるから」

日菜子《ひなこ》はあえて前《まえ》の学校《がっこう》の友《とも》だちを断《た》ち切《き》る言《い》い方《かた》をした。新《あたら》しいクラスメートのあなた達《たち》の方《ほう》が大事《だいじ》、その気《き》持《も》ちを出《だ》したつもりだった。そんな日菜子《ひなこ》の気《き》持《も》ちが通《つう》じたのか、澄乃《すみの》は気《き》持《も》ち良《よ》さそうに目《め》を細《ほそ》めた。

「そう？　前《まえ》と同《おな》じじゃつまんないよね。ヒナッチって、どう？」

「ヒナッチ、可愛《かわい》い！」

「いいじゃん、ヒナッチ！」

周囲《しゅうい》を取《と》り巻《ま》く女子《じょし》たちが、澄乃《すみの》のアイディアをおおげさに褒《ほ》めたたえる。

それ程《ほど》かな、と頭《あたま》の片隅《かたすみ》で思《おも》う。澄乃《すみの》はそんな日菜子《ひなこ》に、もう一度《いちど》「どう？」と訊《き》いた。

日菜子《ひなこ》は見逃《みのが》さなかった。澄乃《すみの》の目《め》の中《なか》には、反対意見《はんたいいけん》を口《くち》にすることを許《ゆる》さない、強《つよ》い光《ひかり》があった。日菜子《ひなこ》は嬉《うれ》しそうに頬《ほお》をゆるませ、「ありがとう」と言《い》った。

「ヒナッチなんて、そんな可愛《かわい》い名前《なまえ》で呼《よ》んでもらえるなんて、すごく嬉《うれ》しい。本当《ほんとう》にありがとう」

「そう？　良《よ》かった。それで、おうちはどこに引《ひ》っ越《こ》して来《き》たの？」

「えっとね……住所《じゅうしょ》まだ覚《おぼ》えてないんだけど、学校出《がっこうで》てまっすぐの道行《みちい》ったら大通《おおどお》りがあるでしょ？　そこのドラッグストアの角入《かどはい》ったとこで………」

「ああ、三丁目《さんちょうめ》の方《ほう》だ」

「そうなの？　三丁目《さんちょうめ》なんだ、あの辺《へん》」

「そうだよ」

「そっかあ、ありがとう」

日菜子《ひなこ》は、注意深《ちゅういぶか》く澄乃《すみの》との会話《かいわ》を重《かさ》ねた。

澄乃《すみの》が、このクラスの女子《じょし》のリーダーだ。間違《まちが》いなく。

澄乃《すみの》は最初《さいしょ》から転校生《てんこうせい》に対《たい》して歓迎《かんげい》ムード全開《ぜんかい》だった。だから、休《やす》み時間《じかん》になると同時《どうじ》に、女子全員《じょしぜんいん》が転校生《てんこうせい》の周《まわ》りに集《あつ》まってきた。自分達《じぶんたち》も歓迎《かんげい》の態度《たいど》を示《しめ》すように質問《しつもん》を一斉《いっせい》に浴《あ》びせ、澄乃《すみの》に制《せい》されたらパタリと黙《だま》った。転校生《てんこうせい》にニックネームをつけたら、それを大絶賛《だいぜっさん》………。誰一人《だれひとり》、澄乃《すみの》と違《ちが》う意見《いけん》を言《い》う者《もの》はいない。

このクラスは、澄乃《すみの》をリーダーに、ほぼ一党独裁状態《いっとうどくさいじょうたい》に間違《まちが》いない。

日菜子《ひなこ》は小《ちい》さく息《いき》を飲《の》んだ。

失敗《しっぱい》しちゃ、いけない。

絶対《ぜったい》、この子《こ》に気《き》に入《い》られないと。

「あたし、何《なん》にも知《し》らなくて……。転校《てんこう》してきて心細《こころぼそ》かったけど、杉本《すぎもと》さんみたいに優《やさ》しくて色々《いろいろおし》教えてくれる人《ひと》がいてくれて、本当《ほんとう》に良《よ》かった」

心底安心《しんそこあんしん》したように笑《わら》い、日菜子《ひなこ》は制服《せいふく》の袖《そで》を少《すこ》したくし上《あ》げた。左《ひだり》の手首《てくび》に巻《ま》かれた時計《とけい》と、その下《した》にミサンガが見《み》えた。

「あれ、それ……」

澄乃《すみの》がミサンガに気付《きづ》いたようだ。良《よ》かった、と、日菜子《ひなこ》は心《こころ》の中《なか》で小《ちい》さくガッツポーズをした。澄乃《すみの》に見《み》せたかったのだ、このミサンガを。日菜子《ひなこ》は手芸《しゅげい》が好《す》きで、編《あ》み物《もの》や刺《し》しゅうが得意《とくい》だが、中《なか》でも今《いま》はミサンガ作《づく》りに凝《こ》っている。何本《なんぼん》ものきれいな糸《いと》に、それに色《いろ》を合《あ》わせたビーズを編《あ》み込《こ》むのだ。お店《みせ》で売《う》っているものよりセンスが良《よ》く、いつもみんなから褒《ほ》められた。だから前《まえ》の学校《がっこう》の友《とも》だちにも作《つく》り、友情《ゆうじょう》の証《あかし》にしたのだ。

祥子《しょうこ》も凛香《りんか》も美玖《みく》も、みんなすごく喜《よろこ》んでくれた。

澄乃《すみの》が欲《ほ》しいって言《い》ってくれたら、明日《あした》にでも作《つく》って持《も》ってこよう。何色《なにいろ》が好《す》きか、ビーズはどれくらい編《あ》み込《こ》むか……澄乃《すみの》のリクエストを完璧《かんぺき》に盛《も》り込《こ》んで、最高《さいこう》に素敵《すてき》なミサンガを作《つく》るんだ。

気負《きお》い過《す》ぎて頬《ほお》が真《ま》っ赤《か》になってくる。ドキドキしながら、日菜子《ひなこ》は澄乃《すみの》に笑《わら》いかけた。

「こ、これね…………」

「何《なに》それ、ダッサ！」

澄乃《すみの》の言葉《ことば》に、日菜子《ひなこ》は後《あと》に続《つづ》く言葉《ことば》を飲《の》み込《こ》んだ。

これね、あたしが作《つく》ったの。ミサンガ作《つく》るの、今《いま》ハマってるんだ。良《よ》かったら、杉本《すぎもと》さんのも作《つく》るよ。好《す》きな色《いろ》、何《なに》…………？

「今《いま》どきミサンガ？　流行遅《りゅうこうおく》れもいいとこじゃん。どうしたの、それ？　誰《だれ》に押《お》し付《つ》けられたの？」

あざ笑《わら》うような澄乃《すみの》の言葉《ことば》が、日菜子《ひなこ》の心《こころ》に突《つ》き刺《さ》さる。

ダサい……？　流行遅《りゅうこうおく》れ……？

「そ……そうだよね」

ズキズキ痛《いた》む心《こころ》を抑《おさ》えながら、日菜子《ひなこ》は笑《わら》った。

「これ……。これ、うちの母親《ははおや》が趣味《しゅみ》でさ。ダサいよね？　あたし、いらないって言《い》ったのに、つけてけってうるさくて、やんなっちゃう」

「オバサン、そういうの好《す》きだからね〜。良《よ》い娘《むすめ》だね、高階《たかしな》さんは。そんなのつけてやってるなんて、なんて親孝行《おやこうこう》なんだ」

「いや、ハハ。でも、やっぱもう外《はず》すわ」

それがいいよ、と澄乃《すみの》が笑《わら》うと、周囲《しゅうい》の女子《じょし》からも大笑《おおわら》いが起《お》きた。今《いま》どきミサンガなんてねー、超《ちょう》ダサーという声《こえ》を聞《き》きながら、日菜子《ひなこ》はミサンガを手首《てくび》からさっとはずし、ポケットにねじ込《こ》んだ。

大好《だいす》きなブルーを中心《ちゅうしん》に編《あ》み込《こ》んだミサンガ。たくさんビーズを組《く》み合《あ》わせて、キラキラ光《ひか》る感《かん》じが、想像以上《そうぞういじょう》に素敵《すてき》に出来《でき》て、お気《き》に入《い》りだったミサンガ。前《まえ》の学校《がっこう》の仲良《なかよ》しグループみんなでお揃《そろ》いにして、友情《ゆうじょう》の証《あかし》だった、大切《たいせつ》な大切《たいせつ》なミサンガ…………。

でも、ここではダサいんだ。誰《だれ》にも、認《みと》めてもらえないものなんだ。

もう、二度《にど》とミサンガなんか、作《つく》らない。

その時《とき》、次《つぎ》の授業《じゅぎょう》が始《はじ》まるチャイムが鳴《な》った。

「ヤバヤバ、次《つぎ》の地理《ちり》、先生来《せんせいく》る前《まえ》にちゃんと教科書《きょうかしょ》とか出《だ》してないと、めっちゃ怒《おこ》られるんだよ」

ガタガタと生徒達《せいとたち》が席《せき》に戻《もど》り、慌《あわ》てて机《つくえ》から教科書《きょうかしょ》やノートを出《だ》し始《はじ》めた。澄乃《すみの》が前《まえ》を向《む》いてくれたおかげで、日菜子《ひなこ》はやっと緊張《きんちょう》が解《と》けた。誰《だれ》にも聞《き》こえない様《よう》に小《ちい》さくため息《いき》をつき、担任《たんにん》から借《か》りた今日《きょう》の授業分《じゅぎょうぶん》の教科書《きょうかしょ》から地理《ちり》を取《と》り出《だ》す。

その時初《ときはじ》めて、教室《きょうしつ》を包《つつ》んでいる慌《あわ》ただしい空気《くうき》の中《なか》に一点《いってん》だけ違《ちが》うものがあることに、日菜子《ひなこ》は気《き》がついた。

それは、先《さき》ほど、日菜子《ひなこ》が転校生《てんこうせい》として紹介《しょうかい》された時《とき》、日菜子《ひなこ》を驚《おどろ》いた目《め》で見《み》つめていた女子生徒《じょしせいと》だった。

そういえば、休《やす》み時間《じかん》に日菜子《ひなこ》の周《まわ》りに集《あつ》まって来《き》た女子《じょし》の中《なか》に、彼女《かのじょ》はいなかった。みんなが慌《あわ》てて準備《じゅんび》してる地理《ちり》も、彼女《かのじょ》はとうに教科書《きょうかしょ》とノート、地図帳《ちずちょう》を机《つくえ》の上《うえ》に出《だ》し、静《しず》かに本《ほん》を読《よ》んでいる。

知《し》り合《あ》いだったのでは？　と一瞬焦《いっしゅんあせ》ったが、違《ちが》ったのか。

それなら思《おも》い出《だ》せなくて、当《あ》たり前《まえ》だ。日菜子《ひなこ》はホッとすると同時《どうじ》に、彼女《かのじょ》の立《た》ち位置《いち》が気《き》になった。

あの子《こ》は、このクラスでどういうポジションなんだろうか。

みんなに交《まじ》わらず、一人《ひとり》で行動《こうどう》してるあの子《こ》。

ハブられてる感《かん》じはしない。不安《ふあん》そうな様子《ようす》や、オドオドした感《かん》じが全《まった》くないから。

では、実《じつ》は影《かげ》のリーダーだったりして？　表向《おもてむ》きは澄乃《すみの》がリーダーだけど、本当《ほんとう》の力《ちから》はあの子《こ》が握《にぎ》ってる、だから誰《だれ》ともつるまないで、澄乃《すみの》にもへこへこしない、とか……？

「起立《きりつ》！」

日直《にっちょく》の声《こえ》が響《ひび》く。ガタガタとみんなが席《せき》から立《た》ち上《あ》がる向《む》こう側《がわ》に、しかつめらしい顔《かお》の地理《ちり》の教師《きょうし》が教卓《きょうたく》に向《む》かって歩《ある》いてくるのが見《み》えた。

「礼《れい》！」

地理《ちり》の教師《きょうし》に向《む》かい、クラス中《じゅう》が一斉《いっせい》に頭《あたま》を下《さ》げる。そんな一連《いちれん》の動作《どうさ》の中《なか》でも、あの子《こ》だけは、どこか他《ほか》の子《こ》と違《ちが》う空気《くうき》をまとっているように、日菜子《ひなこ》には見《み》える。


「ただいまー」

玄関《げんかん》を開《あ》けると、まだ無数《むすう》の段《だん》ボールが山積《やまづ》みになっている。それを乗《の》り越《こ》えるように廊下《ろうか》を進《すす》むと、母《はは》がダイニングで食器《しょっき》を棚《たな》に収《おさ》めながら「お帰《かえ》り」と言《い》った。

「どうだった、学校《がっこう》は？」

「うん。授業《じゅぎょう》の進《すす》みも前《まえ》の学校《がっこう》と同《おな》じくらいだから、良《よ》かったよ。なんとかなりそう」

テーブルの上《うえ》に置《お》かれたコンビニのレジ袋《ぶくろ》からポテトチップスを見《み》つけ出《だ》し、日菜子《ひなこ》はそれを開《あ》けて一枚《いちまい》口《くち》に放《ほう》り込《こ》んだ。

「お皿《さら》に入《い》れなさい。それより前《まえ》に、手洗《てあら》った？」

「はーい」

パリパリとポテチを食《た》べながら手《て》を洗《あら》う。その背中《せなか》に、母《はは》が心配《しんぱい》そうに声《こえ》をかけた。

「それで、お友《とも》だちはどう？　出来《でき》そう？」

「あったりまえじゃん」

日菜子《ひなこ》は手《て》を拭《ふ》きながら、自慢《じまん》げに鼻《はな》を鳴《な》らした。

「もう何回転校《なんかいてんこう》してきたと思《おも》ってんの？　もうあたし、転校《てんこう》のプロだよ。人心掌握術《じんしんしょうあくじゅつ》バッチリだよ」

「そう？　良《よ》かった。日菜子《ひなこ》はどこでも上手《うま》くやってきたから、大丈夫《だいじょうぶ》だとは思《おも》ってたけどね。やっぱり、学校生活《がっこうせいかつ》はお友《とも》だち次第《しだい》だからね。良《よ》いお友《とも》だち、たくさん作《つく》ってね」

「もちろん」

日菜子《ひなこ》はテーブルの上《うえ》に無造作《むぞうさ》に積《つ》まれているお皿《さら》から適当《てきとう》なのを一枚《いちまい》抜《ぬ》いて、ポテチをザラザラと入《い》れた。

今日《きょう》のことが頭《あたま》によみがえる。

先生《せんせい》に紹介《しょうかい》してもらった時《とき》、コケて見《み》せたのが、大成功《だいせいこう》だった。みんながドジな日菜子《ひなこ》に警戒心《けいかいしん》を無《な》くし、心《こころ》を開《ひら》いてくれた。リーダー格《かく》で面倒見《めんどうみ》の良《よ》い澄乃《すみの》とも仲良《なかよ》くなれそうだし、そうしたらクラスでも上手《うま》くやっていけるだろう。

でも………。

チクリと心《こころ》に引《ひ》っかかる。

日菜子《ひなこ》を見《み》て、驚《おどろ》いた表情《ひょうじょう》をした、あの子《こ》。

みんなが興味津々《きょうみしんしん》の転校生《てんこうせい》の方《ほう》に近《ちか》づくこともせず、たった一人本《ひとりほん》を読《よ》んでいたあの子《こ》。

クラスのはみ出《だ》し者《もの》なのか、それとも最重要人物《さいじゅうようじんぶつ》なのか。

そしてどうしてあんな表情《ひょうじょう》を見《み》せたのだろう。

果《は》たして、あの子《こ》とはどういう接触《せっしょく》の取《と》り方《かた》をすればいいのか……クラスの力関係《ちからかんけい》は複《ふく》雑《ざつ》だ。全《すべ》てを味方《みかた》につけ、丸《まる》く仲良《なかよ》くやっていくために、日菜子《ひなこ》は頭《あたま》を悩《なや》ませ続《つづ》けた。


「ああ、宮本穂波《みやもとほなみ》？」

転校《てんこう》して三日後《みっかご》の体育《たいいく》の授業中《じゅぎょうちゅう》、隙《すき》を見《み》つけて澄乃《すみの》に聞《き》いた。

日菜子《ひなこ》は澄乃《すみの》と並《なら》んでマラソンを走《はし》っていた。二年三組《にねんさんくみ》の女子《じょし》は、ピッピッピッとリズムよく笛《ふえ》を鳴《な》らしながら走《はし》る体育教師《たいいくきょうし》の後《あと》につき、校門《こうもん》から道路《どうろ》に出《で》て行《い》った。

その十数人《じゅうすうにん》を、あの子《こ》は制服姿《せいふくすがた》のまま、朝礼台《ちょうれいだい》のあたりで見送《みおく》ったのだ。

あの子《こ》、宮本穂波《みやもとほなみ》っていうんだ。

名前《なまえ》を反芻《はんすう》しながら、日菜子《ひなこ》はうなずいた。

「うん。宮本《みやもと》……さん？　あの人《ひと》って………」

さて、なんて尋《たず》ねればいいのか。

このクラスでハブられてるの？　それとも一番力持《いちばんちからも》ってるの？　一番聞《いちばんき》きたいのはそういうことだが、そんな聞《き》き方《かた》を澄乃《すみの》に出来《でき》るはずがない。

でも転校《てんこう》してきてから、ずっと様子《ようす》を見《み》てきたが、宮本穂波《みやもとほなみ》がクラスで浮《う》いてる存在《そんざい》であるのは、明《あき》らかだった。

教室移動《きょうしついどう》も、トイレに行《い》くのも、常《つね》に一人《ひとり》だ。お弁当《べんとう》の時間《じかん》は、いつもふらりとどこかに出《で》かけ、教室《きょうしつ》からいなくなる。授業《じゅぎょう》で指名《しめい》され、答《こた》える以外《いがい》で声《こえ》を聞《き》いたことがない。

だからといってハブられているのではなさそうだ。その証拠《しょうこ》に、クラスのみんなから宮《みや》本穂波《もとほなみ》の悪口《わるくち》を聞《き》いたことは一度《いちど》もない。別《べつ》に無視《むし》をしているような雰囲気《ふんいき》でもないのだ。

一体《いったい》、穂波《ほなみ》に対《たい》してどういうスタンスを取《と》ればいいのか、日菜子《ひなこ》は考《かんが》えあぐねていた。

「ねー？　あの人《ひと》、どんな人《ひと》なんだかね？」

逆《ぎゃく》に澄乃《すみの》が聞《き》いてきた。

「一年《いちねん》の時《とき》は、いなかったんだよ。でも、転校《てんこう》してきたわけじゃないらしくてさ。噂《うわさ》では病気《びょうき》で一学年遅《いちがくねんおく》れてるって話《はなし》なんだけどさ」

ひとつ年上《としうえ》なのか……。何《なに》か雰囲気《ふんいき》が違《ちが》う感《かん》じがあるのは、そのせいか。体育《たいいく》を見学《けんがく》している理由《りゆう》もきっと体《からだ》のことと関係《かんけい》しているのだろう。

「なんか、とっつきにくいじゃない？　話《はな》しかけてもあまり乗《の》ってこないしさ。あたし達《たち》と、仲良《なかよ》くする気《き》ないんだなって感《かん》じ。だから、こっちからも……話《はな》しかけるの……止《や》めちゃっ………」

走《はし》りながら話《はな》してるせいで、終《お》わりの方《ほう》は息《いき》が上《あ》がって切《き》れ切《ぎ》れになった。そうなんだ、と、苦《くる》しい息《いき》の中《なか》で答《こた》えながら、日菜子《ひなこ》は頭《あたま》の中《なか》を整理《せいり》しようとした。

つまり、穂波《ほなみ》はクラスで浮《う》いているだけで、何《なに》も特別《とくべつ》な人間《にんげん》ではない。特《とく》に取《と》り入《い》る必《ひつ》要《よう》もないし、気《き》にする必要《ひつよう》もない……そういう存在《そんざい》だということ。

「ハーイ、学校到着《がっこうとうちゃく》――」

余裕《よゆう》で校門《こうもん》に駆《か》け込《こ》む体育教師《たいいくきょうし》に続《つづ》き、ロードワークで走《はし》り慣《な》れている運動部《うんどうぶ》の生徒達《せいとたち》が余裕《よゆう》で走《はし》り着《つ》く。それに引《ひ》き離《はな》されながら、疲《つか》れてグダグダなフォームで体力《たいりょく》のない女子生徒達《じょしせいとたち》が這《は》うようにして校門《こうもん》に入《はい》ってくる。

その最後《さいご》になんとかくっつくようにして校庭《こうてい》にたどり着《つ》いた日菜子《ひなこ》の目《め》に、朝礼台《ちょうれいだい》に腰《こし》かけながら本《ほん》に視線《しせん》を落《お》とす宮本穂波《みやもとほなみ》の涼《すず》しそうな横顔《よこがお》が入《はい》ってきた。


体育《たいいく》を終《お》え、ゾロゾロとみんなで固《かた》まりながら廊下《ろうか》を歩《ある》く。

(ああ、トイレ行《い》きたい)

トイレの前《まえ》を通《とお》りかかった時《とき》、日菜子《ひなこ》は思《おも》った。実《じっ》は体育《たいいく》の授業中《じゅぎょうちゅう》から行《い》きたくて仕方《しかた》なかったのだ。でも、

「……だから、マジ、あたしあの映画観《えいがみ》たいんだよねー！　絶対《ぜったい》、ぜーったい!!」

感極《かんきわ》まったように大声《おおごえ》で話《はな》し続《つづ》ける澄乃《すみの》の話《はなし》を遮《さえぎ》ることは出来《でき》なかった。

さっきから、先週公開《せんしゅうこうかい》された映画《えいが》の話《はなし》で盛《も》り上《あ》がっているのだ。それは人気《にんき》の少女《しょうじょ》マンガを映像化《えいぞうか》したもので、その原作《げんさく》マンガもヒロインの相手役《あいてやく》のアイドルの男《おとこ》の子《こ》も、澄乃《すみの》が大《だい》ファンなのだった。

「もうさ、あたし読《よ》んでた時《とき》から、りひと役《やく》は玲《レイ》クンが合《あ》ってるって思《おも》ってたんだよね！　もうドンピシャじゃない？　マジで！　あー、観《み》たい！　早《はや》く観《み》たいー!!」

大興奮《だいこうふん》で、絶叫寸前《ぜっきょうすんぜん》の澄乃《すみの》に、みんな「だよね」「あたしも観《み》たかったんだ」と口々《くちぐち》に賛成《さんせい》する。

日菜子《ひなこ》は、正直《しょうじき》どうでもいい話題《わだい》だった。原作《げんさく》マンガは人気《にんき》があるので最初《さいしょ》だけ読《よ》んでみたが、日菜子《ひなこ》はそれほど面白《おもしろ》いと思《おも》えなかった。しかも、玲《レイ》クンというアイドルは少女《しょうじょ》のように可愛《かわい》い顔《かお》をしていて、がっつり男《おとこ》らしいタイプが好《す》きな日菜子《ひなこ》の好《この》みと正反対《せいはんたい》なのだ。何《なに》より、日菜子《ひなこ》の今《いま》の一番《いちばん》の関心事《かんしんごと》は、トイレだ。

でも、こんなに楽《たの》しそうに盛《も》り上《あ》がってる時《とき》に、トイレに行《い》きたいなんて言《い》い出《だ》せない。

………キュウっと全身《ぜんしん》に力《ちから》を入《い》れる。我慢《がまん》だ、あたし。我慢《がまん》だ。

「ねえ、日菜子《ひなこ》も行《い》きたいよね!?」

澄乃《すみの》が日菜子《ひなこ》の顔《かお》を覗《のぞ》き込《こ》むように言《い》った。日菜子《ひなこ》は驚《おどろ》いて体《からだ》の力《ちから》が抜《ぬ》けそうになるのを必死《ひっし》でこらえた。

「え、あ、映画《えいが》？」

「うん！　玲《レイ》クン、可愛《かわい》いじゃない？　日菜子《ひなこ》はどう思《おも》う？」

「うん。あたしも、好《す》き。デビュー曲《きょく》の〈ずっとキミといたいから〉、何回《なんかい》もネットで動《どう》画《が》観《み》ちゃったよ」

嘘《うそ》。一度《いちど》も観《み》たことなんてない。でもそれを聞《き》いた澄乃《すみの》は嬉《うれ》しそうに声《こえ》をあげ、

「ねー、だよねー!?　じゃさ、観《み》に行《い》かない映画《えいが》!?　今度《こんど》の日曜《にちよう》みんなでさ!!」

「うん、あたしも観《み》たい！」

「あたしも!!」

澄乃《すみの》を取《と》り巻《ま》いていた女子《じょし》たち全員一致《ぜんいんいっち》の「観《み》たい」コールに、澄乃《すみの》は笑顔《えがお》をますますご機嫌《きげん》に輝《かがや》かせた。

「オッケー。じゃあ、誰《だれ》が予約取《よやくと》る？」

言《い》い出《だ》しっぺなのに、自分《じぶん》で予約取《よやくと》らないんだ……日菜子《ひなこ》は思《おも》ったが、みんなは澄乃《すみの》のそういうところに慣《な》れているのか、「あたしが取《と》るよ」と一人《ひとり》の女子《じょし》が手《て》を挙《あ》げた。

「うん。じゃ、時間決《じかんき》まったらみんなに連絡《れんらく》してね。あ、朝《あさ》イチの回《かい》はやめてよね。あたし寝《ね》てるからさ」

ありがとうもない命令口調《めいれいくちょう》だ。

しかしすぐに「あー、やったー！　楽《たの》しみ‼」と澄乃《すみの》は嬉《うれ》しそうにスキップをして、教室《きょうしつ》に入《はい》っていった。

みんなも「楽《たの》しみだねー」と言《い》いながら澄乃《すみの》について教室《きょうしつ》に入《はい》っていく、そのタイミングで授業開始《じゅぎょうかいし》のチャイムが鳴《な》った。

ああ、やっと解放《かいほう》された……。授業《じゅぎょう》に遅刻《ちこく》してしまうが、もうこの際《さい》そんなことはどうでもよかった。なんとか澄乃《すみの》と最後《さいご》まで話《はな》せ、澄乃《すみの》をご機嫌《きげん》なまま話《はなし》を終《お》えられた。後《あと》はトイレに行《い》ければ万事《ばんじ》ＯＫ《オーケー》だ。日菜子《ひなこ》はみんなに背《せ》を向《む》け、トイレに向《む》かって駆《か》け出《だ》した。

授業《じゅぎょう》に遅《おく》れるくらい、なんてことはない。

二

早《はや》く来過《きす》ぎたかな……。

待《ま》ち合《あ》わせ場所《ばしょ》であるシネコンの前《まえ》で、日菜子《ひなこ》はあたりをキョロキョロと見回《みまわ》した。

ショッピングモールの中《なか》にあるシネコンは、日曜日《にちようび》ということもあって、家族連《かぞくづ》れやカップルでごった返《がえ》している。しかし、その中《なか》に知《し》っている顔《かお》はひとつもない。それはそうだ、まだ約束《やくそく》の十一時《じゅういちじ》まで、あと二十分《にじっぷん》もある。

ここにいるみんな、良《よ》い笑顔《えがお》をしている。

うらやましいな、と、日菜子《ひなこ》は思《おも》う。

澄乃《すみの》が観《み》たがっている映画《えいが》、話《はなし》が弾《はず》むようにと原作《げんさく》マンガを全部読《ぜんぶよ》んできたのだが、最後《さいご》まで読《よ》んでも、やっぱり好《す》きになれなかった。生理的《せいりてき》に、〈りひと〉という主人公《しゅじんこう》の相手役《あいてやく》の性格《せいかく》が、どうしても受《う》け付《つ》けないのだ。

こんな話《はなし》の映画《えいが》のために、せっかくの日曜日《にちようび》がつぶされる。しかも、一《いっ》か月《げつ》のお小遣《こづか》いが映画代《えいがだい》に吹《ふ》っ飛《と》ぶのだ。

渋《しぶ》ちんなお母《かあ》さんは、友《とも》だちと映画《えいが》に行《い》くからお金《かね》をちょうだいと頼《たの》んだら、「そのためのお小遣《こづか》いでしょう」と言《い》って、一円《いちえん》もくれなかった。

そのくせ、「お友《とも》だちと仲良《なかよ》くね」なんて言《い》うから、腹《はら》が立《た》つ。

お母《かあ》さんが気《き》にするお友《とも》だちとの関係《かんけい》のために、観《み》たくもない映画観《えいがみ》るんだから、ちょっとくらい援助《えんじょ》してくれてもいいのに……。

大体《だいたい》お母《かあ》さんが「お友《とも》だち、お友《とも》だち」って心配《しんぱい》ばかりしてるから、安心《あんしん》させるためのことでもあるのを、全然《ぜんぜん》分《わ》かってない。

ああ、もうマジでうんざり。

あんなマンガ、映画《えいが》なんかにしなきゃ良《よ》かったのに。そしたら、こんな時間《じかん》とお金《かね》の無駄《むだ》、しなくてすんだのに……。

日菜子《ひなこ》が眉間《みけん》に寄《よ》せたしわを一層深《いっそうふか》く刻《きざ》んだ時《とき》、

「日菜子《ひなこ》――！」

ゾロゾロと澄乃《すみの》を先頭《せんとう》にクラスの女子《じょし》たちがやって来《き》た。日菜子《ひなこ》は急《いそ》いで仏頂面《ぶっちょうづら》から笑《え》顔《がお》に作《つく》りかえ、手《て》を振《ふ》った。

「すごい、ずいぶん早《はや》く来《き》たの、日菜子《ひなこ》？」

「うん。すっごく楽《たの》しみで、早《はや》く着《つ》き過《す》ぎちゃった」

「マジ？　あたしも、楽《たの》しみ過《す》ぎて、朝《あさ》ごはん食《た》べられなかったー」

日菜子《ひなこ》の言葉《ことば》に、澄乃《すみの》は楽《たの》しそうに笑《わら》い声《ごえ》をあげた。あたしもあたしもと、みんなもきゃあきゃあと笑《わら》う。

「じゃ、みんな揃《そろ》ったね？　行《い》こ！」

澄乃《すみの》を先頭《せんとう》にチケット売《う》り場《ば》に動《うご》き出《だ》す。その流《なが》れを見《み》て、日菜子《ひなこ》はおや、と思《おも》った。

「あれ……末吉《すえよし》さんは？」

末吉公佳《すえよしきみか》は、澄乃《すみの》が映画《えいが》の予約《よやく》を入《い》れろと言《い》った時《とき》、手《て》を挙《あ》げた女子《じょし》だ。予約《よやく》を入《い》れたのだから澄乃《すみの》と一緒《いっしょ》に先頭《せんとう》に立《た》っていていいのに、顔《かお》が見当《みあ》たらない。ふと思《おも》って口《くち》にしただけだったのに、日菜子《ひなこ》の言葉《ことば》にみんなは表情《ひょうじょう》を硬《かた》くした。何《なに》か、まずいことを言《い》った……？

空気《くうき》を読《よ》み取《と》ることに敏感《びんかん》な日菜子《ひなこ》がぎくりとすると、忌々《いまいま》しそうに澄乃《すみの》が言《い》った。

「ああ。あいつは、ハブった」

「え？」

「あいつ、あれだけ早《はや》い時間《じかん》はだめだって言《い》ったのに、一時間《いちじかん》も早《はや》い時間《じかん》の上映《じょうえい》えらびやがったんだよ。しかも上映館《じょうえいかん》、町《まち》はずれのすっごいボロイとこ。玲《レイ》クン観《み》るのに、ボロイ映画館《えいがかん》なんて、ありえないじゃん⁉　それなのに、そこじゃないとみんなで固《かた》まって座《すわ》れないからって。ばっかじゃない⁉　フツーに考《かんが》えて、みんなで固《かた》まって座《すわ》るより、玲《レイ》クンを綺麗《きれい》なスクリーンで観《み》る方《ほう》が、大事《だいじ》に決《き》まってんじゃんね‼」

「だからここ、あたしが予約《よやく》したの」

澄乃《すみの》の横《よこ》で、中田真美《なかたまみ》がニッコリ笑《わら》った。

「十人以上《じゅうにんいじょう》いるから、まとまって席取《せきと》れなかったけどね。澄乃《すみの》には、一番真《いちばんま》ん中《なか》の席予約《せきよやく》したから」

「さっすが、真美《まみ》！」

澄乃《すみの》が中田真美《なかたまみ》の腕《うで》に腕《うで》を絡《から》ませる。そして、みんなに向《む》かって澄乃《すみの》は言《い》った。

「いい？　公佳《きみか》は、ＬＩＮＥ《ライン》からも外《はず》したから。あいつ、これからハブね。分《わ》かった？」

澄乃《すみの》の言葉《ことば》に、みんなはうなずいた。

「オッケー」

「澄乃《すみの》が玲《レイ》クン命《いのち》なの知《し》ってるくせに、公佳《きみか》ってひどいね」

「サイテー」

公佳《きみか》のことを話《はな》すみんなの目《め》が、キラキラ輝《かがや》いてくる。

「あたしさ、前《まえ》から公佳《きみか》っていい加減《かげん》だなって思《おも》ってた」

「あたしもー。それにさ、すぐ人《ひと》のこと、真似《まね》しない？　前《まえ》さ、調理実習《ちょうりじっしゅう》の時《とき》。澄乃《すみの》がヘアバンドみたいな三角巾《さんかくきん》、してたじゃん？　あれ、もう次《つぎ》の調理実習《ちょうりじっしゅう》の時《とき》、公佳《きみか》持《も》ってたもんね。いくらうらやましいからって、自分無《じぶんな》さすぎ」

「澄乃《すみの》とは違《ちが》うのにね。お前《まえ》には、似合《にあ》わねーっつーの」

公佳《きみか》の悪口《わるくち》に、みんながゲラゲラ笑《わら》う。その様子《ようす》を見《み》ながら、澄乃《すみの》も機嫌《きげん》良《よ》さそうに笑《わら》っている。しかし、ふと日菜子《ひなこ》に目《め》をくれたと思《おも》うと、笑顔《えがお》が消《き》え眉間《みけん》にしわを寄《よ》せた。

「……どうしたの、日菜子《ひなこ》？」

澄乃《すみの》に言《い》われ、日菜子《ひなこ》はハッとした。本当《ほんとう》に無意識《むいしき》に、日菜子《ひなこ》は頬《ほお》を強張《こわば》らせていた。

きっと笑顔《えがお》にあふれたこの場《ば》にそぐわない、顔《かお》をしていたのだろう。日菜子《ひなこ》は大慌《おおあわ》てで

「いや！」と肩《かた》をすくませ、笑顔《えがお》を作《つく》った。

「なんか……なんか、緊張《きんちょう》しちゃったみたいで。いよいよ玲《レイ》クンの映画観《えいがみ》るのかと思《おも》うと

……。どうしよう」

「マジ？　ホントだ！　日菜子《ひなこ》、手冷《てつめ》たくなってるー！」

「澄乃《すみの》の手《て》はあったかいー」

「あたしは、興奮《こうふん》してるから！　ねー、楽《たの》しみだねー!!」

澄乃《すみの》はジャンプしながら日菜子《ひなこ》の手《て》を握《にぎ》り、日菜子《ひなこ》も笑《わら》いながら澄乃《すみの》の手《て》を握《にぎ》り返《がえ》し、

一緒《いっしょ》にジャンプした。

完璧《かんぺき》な演技《えんぎ》をしなくては。これが映画《えいが》なら、アカデミー賞《しょう》を取《と》れるくらいの。

本心《ほんしん》を、絶対澄乃《ぜったいすみの》に知《し》られてはいけない。本当《ほんとう》はこんな映画《えいが》なんて観《み》たくもなくて、玲《レイ》

クンなんてかけらも興味《きょうみ》ないなんてこと、心《こころ》の中《なか》から捨《す》て去《さ》らなくては。

澄乃《すみの》と……みんなと、仲良《なかよ》くしなきゃいけない。そうしたらお母《かあ》さんは安心《あんしん》するんだ。

でも……。

澄乃《すみの》の怒《いか》りの琴線《きんせん》に触《ふ》れるとどうなるか、今《いま》はっきりと目《ま》のあたりにしてしまった。

澄乃《すみの》の思《おも》い通《どお》りに動《うご》かなかっただけで、公佳《きみか》は映画《えいが》に呼《よ》ばれなかった。LINE《ライン》からも外《はず》され、これからもハブられることに決定《けってい》した。

今頃《いまごろ》、公佳《きみか》はどうしてるだろうか。ただ一人《ひとり》、映画館変更《えいがかんへんこう》の連絡《れんらく》が行《い》っていない公佳《きみか》。今頃《いまごろ》は、自分《じぶん》が予約《よやく》した郊外《こうがい》の映画館《えいがかん》の前《まえ》で、みんなが来《く》るのを待《ま》っているのだろうか。たった一人《ひとり》で。

連絡《れんらく》しても誰《だれ》にもつながらず、どれだけ不安《ふあん》だろう。公佳《きみか》の気持《きも》ちに思《おも》いを馳《は》せるだけで、苦《くる》しくなる。でも同時《どうじ》に、ものすごく怖《こわ》くなる。

公佳《きみか》のように、なりたくない。

絶対《ぜったい》、澄乃《すみの》に好《す》かれなくてはいけない。日菜子《ひなこ》は澄乃《すみの》と笑《わら》いながら、心《こころ》に刻《きざ》み込《こ》むように思《おも》った。

澄乃《すみの》の天使《てんし》のように可愛《かわい》らしい笑顔《えがお》。これは、かげろうのようにはかないものなのだ。

もし失敗《しっぱい》したら……。何《なに》かヘマをして、澄乃《すみの》の機嫌《きげん》を損《そこ》ねて、怒《おこ》らせるようなことになったら、一瞬《いっしゅん》で消《き》え去《さ》る。そして残《のこ》るのは、もう誰《だれ》からも相手《あいて》にされない、孤独《こどく》で苦《くる》しい日々《ひび》。

怖《こわ》い！　絶対《ぜったい》、絶対《ぜったい》、そんなの嫌《いや》だ。

「日菜子《ひなこ》日菜子《ひなこ》！　隣《となり》に座《すわ》って！　一緒《いっしょ》に玲《レイ》クンチェックしよ！」

「うん！　あー、ドキドキするー！」

きゃあきゃあと指定席《していせき》に座《すわ》りながら笑《わら》い合《あ》う。薄氷《はくひょう》を踏《ふ》むように、用心深《ようじんぶか》く話題《わだい》を選《えら》びながら。

強《つよ》く心《こころ》に念《ねん》じる。

あたしは、今《いま》楽《たの》しい。

楽《たの》しくて楽《たの》しくて、仕方《しかた》ないんだ。


翌日《よくじつ》の月曜日《げつようび》の朝《あさ》。

教科書《きょうかしょ》でパンパンになったスクールバッグに、ペンポーチを詰《つ》め込《こ》もうとした手《て》から、ふと力《ちから》が抜《ぬ》けた。スクールバッグの前《まえ》に座《すわ》り込《こ》み、日菜子《ひなこ》の口《くち》から大《おお》きなため息《いき》がもれた。

「……あーあ…………」

気《き》が重《おも》いなあ……学校《がっこう》。

「日菜子《ひなこ》、早《はや》く起《お》きないと、学校遅《がっこうおく》れるわよ！」

リビングダイニングから、いら立《だ》った母《はは》の声《こえ》が聞《き》こえてくる。朝起《あさお》こされてから、なかなか部屋《へや》から出《で》てこない日菜子《ひなこ》が、まだ寝《ね》ていると思《おも》っているのだろう。

そろそろ朝食《ちょうしょく》を食《た》べに行《い》かないと、怒《おこ》られる。面倒《めんどう》くさいな、と思《おも》いながら、「今行《いまい》くよー」と言《い》い、日菜子《ひなこ》は自分《じぶん》の部屋《へや》から出《で》た。

「友《とも》だちは、どう？」

テーブルに着《つ》いた日菜子《ひなこ》の前《まえ》にフルーツのたくさん入《はい》ったヨーグルトを置《お》きながら、母《はは》が言《い》った。日菜子《ひなこ》の家《いえ》の朝食《ちょうしょく》は、いつも変《か》わらない。フルーツ入《い》りのヨーグルトと、トーストと、カフェオレ。栄養的《えいようてき》にどうなのか分《わ》からないけれど、朝《あさ》からお腹《なか》をいっぱいにしたくないという父《ちち》のリクエストと健康《けんこう》を考《かんが》えてのメニューだ。

「どうって」

「上手《うま》くやっていけてる？　新《あたら》しいクラスで」

ああ、また聞《き》く？

ヨーグルトの中《なか》のバナナを口《くち》に入《い》れながら、日菜子《ひなこ》は小《ちい》さくため息《いき》をついた。

何百回《なんびゃっかい》、聞《き》けば気《き》がすむんだろう。

いつもそうだ。転校《てんこう》してから、少《すく》なくとも半年《はんとし》は、母《はは》の確認《かくにん》は続《つづ》く。

『お友《とも》だちとは、どうなの？』

『新《あたら》しいクラスで、上手《うま》くやってる？』

いつも同《おな》じ、心配《しんぱい》そうな母《はは》の目《め》の色《いろ》。

「上手《うま》くやってるよ」

日菜子《ひなこ》は短《みじか》く答《こた》えた。

それしか、答《こた》えようがない。

本当《ほんとう》は、上手《うま》くやっていけるよう、力《ちから》の限《かぎ》り努力《どりょく》をしている。全《すべ》てにおいて相手《あいて》に合《あ》わせ、相手《あいて》が喜《よろこ》ぶこと、自分《じぶん》と一緒《いっしょ》にいると楽《たの》しいと思《おも》わせることを、頭《あたま》をフル回転《かいてん》させて考《かんが》えて実行《じっこう》している。

でもそんなこと言《い》ったら、逆《ぎゃく》に心配《しんぱい》をかけてしまう。絶対《ぜったい》、心配《しんぱい》はかけたくない。あたしは、今《いま》までの転校《てんこう》でも上手《うま》く友《とも》だちを作《つく》ってきた、社交的《しゃこうてき》で安心《あんしん》な娘《むすめ》なのだから。だから、あえて短《みじか》くしか言《い》わない。嘘《うそ》にならない程度《ていど》で、ギリギリ本当《ほんとう》のことを。

「そう、良《よ》かった」

母《はは》の目《め》に安堵《あんど》の色《いろ》がにじむ。

大丈夫《だいじょうぶ》だよ、安心《あんしん》して。

今回《こんかい》ちょっと大変《たいへん》だけど……。でも、こんなの、いつもやってることと、そう変《か》わらないはずだから。

いつもの友《とも》だち作《づく》りと同《おな》じ。気《き》を遣《つか》って、相手《あいて》に合《あ》わせて、その場《ば》の空気《くうき》を上手《じょうず》に読《よ》むこと。

「あ、急《いそ》がないと！　今日《きょう》は早《はや》く行《い》こうねって、澄乃《すみの》たちと約束《やくそく》したんだ！」

時計《とけい》が7時半《じはん》をさすのを見《み》て、日菜子《ひなこ》は慌《あわ》ててヨーグルトとトーストを口《くち》に入《い》れると、ダイニングを飛《と》び出《だ》した。

「気《き》を付《つ》けて行《い》くのよー」

友《とも》だちと楽《たの》しい時間《じかん》を送《おく》っているらしい日菜子《ひなこ》の様子《ようす》に安心《あんしん》したのだろう、背中《せなか》に掛《か》かる母《はは》の声《こえ》が、嬉《うれ》しそうに響《ひび》く。

その声《こえ》とは逆《ぎゃく》に、日菜子《ひなこ》の心《こころ》は重《おも》しを抱《かか》え込《こ》んだようになった。本当《ほんとう》は全《すべ》てが嫌《いや》なのだ。たった今《いま》、母《はは》の前《まえ》で言《い》っていたこと、全《すべ》てが。母《はは》の姿《すがた》が見《み》えなくなると、その本心《ほんしん》が心《こころ》の表面《ひょうめん》ににじみ出《で》てくる。そこだけ、ただれ腐《くさ》っていくような感覚《かんかく》と一緒《いっしょ》に。

エレベーターの前《まえ》まで歩《ある》く。エレベーターは各階《かくかい》に停《と》まりながら降《お》りてくるようだ。それぞれの階《かい》から、何人《なんにん》もの人《ひと》が乗《の》り込《こ》んできているのだろう。同《おな》じマンションに住《す》んでいるのに、みんな互《たが》いの顔《かお》を見《み》ることもなく、ドアの方《ほう》を見《み》ながら、シンと押《お》し黙《だま》って。

日菜子《ひなこ》はエレベーターに背《せ》を向《む》け、すぐ前《まえ》の非常階段《ひじょうかいだん》を駆《か》け下《お》り出《だ》した。

駆《か》け下《お》りながら、「あーあ」と大《おお》きな声《こえ》で叫《さけ》ぶように言《い》った。

ほんの少《すこ》しだけ、心《こころ》の中《なか》の重《おも》しが軽《かる》くなった気《き》がした。

「あのさあ、明日《あした》の放課後《ほうかご》、みんなで渋谷《しぶや》行《い》かない?」

澄乃《すみの》が、とても大切《たいせつ》なことを打《う》ち明《あ》けるように、声《こえ》をひそめて言《い》った。

そんなに声《こえ》をひそめなくても、こんな早《はや》い時間《じかん》には、まだ生徒《せいと》はほとんど登校《とうこう》してない。

しかも、澄乃達《すみのたち》がいる中庭《なかにわ》には、ひと気《け》など全《まった》くなかった。

そこで日菜子《ひなこ》と真美《まみ》、そして麻耶《まや》、文乃《ふみの》——つまり、澄乃《すみの》を取《と》り巻《ま》く友《とも》だちの中《なか》でも、特《とく》に仲《なか》の良《よ》い四人《よにん》が——澄乃《すみの》のパジャマの仮縫《かりぬ》いを一緒《いっしょ》にやっているのだ。澄乃本人《すみのほんにん》が身《み》頃《ごろ》、日菜子《ひなこ》が右袖《みぎそで》、真美《まみ》が左袖《ひだりそで》、麻耶《まや》と文乃《ふみの》がズボン。家庭科《かていか》の裁縫《さいほう》の授業《じゅぎょう》で作《つく》っているもので、もうみんなはとっくに仮縫《かりぬ》いまですんでいる。だが、その時間《じかん》を休《やす》んだ澄乃《すみの》は宿《しゅく》題《だい》にされていたのだ。

しかし、元々手先《もともとてさき》が不器用《ぶきよう》なのか、澄乃《すみの》は全《まった》くその宿題《しゅくだい》に手《て》をつけていなかった。家庭《かてい》科《か》のある今日《きょう》の朝《あさ》に、突貫工事《とっかんこうじ》で仕上《しあ》げる要員《よういん》としてみんな駆《か》り出《だ》されていた。日菜子《ひなこ》は手芸《しゅげい》などの作業《さぎょう》が好《す》きなのでサクサクと進《すす》めているのだが、イヤイヤな澄乃《すみの》はさっきからおしゃべりばかりしている。そんな時《とき》、出《で》た言葉《ことば》だった。

「渋谷《しぶや》？　明日《あした》？」

真美《まみ》が驚《おどろ》いたように針先《はりさき》から目《め》を上《あ》げた。

「明日《あした》って、水曜日《すいようび》だよね？」

「そう」

それがどうしたというように、澄乃《すみの》が言《い》った。平日《へいじつ》の最終下校時刻《さいしゅうげこうじこく》は、5時半《じはん》だ。その後《あと》に、渋谷《しぶや》？　東京《とうきょう》の隣《となり》の県《けん》とは言《い》え、渋谷《しぶや》までは急行《きゅうこう》に乗《の》っても二時間《にじかん》近《ちか》くかかる街《まち》に住《す》んでいるのに？

みんなが困《こま》った顔《かお》で目《め》を合《あ》わせる。しかし、それに気付《きづ》いてか気付《きづ》かずにいるのか、澄《すみ》乃《の》は話《はなし》を続《つづ》けた。

「明日《あした》、渋谷《しぶや》で玲《レイ》クンのやってるラジオの公開録音《こうかいろくおん》があるの！　生玲《なまレイ》クンが見《み》られるんだよ！　もう、行《い》くっきゃないでしょ!?」

「そうだね」

笑顔《えがお》で真美《まみ》が言《い》うが、その目《め》は真剣《しんけん》に困《こま》り果《は》てていた。当《あ》たり前《まえ》だ。あまりの非常識《ひじょうしき》さに、日菜子《ひなこ》は笑顔《えがお》も作《つく》れない。

また玲《レイ》クン？　あんたの頭《あたま》って、それしかないわけ？

しかし、日菜子《ひなこ》は何《なに》も言《い》わなかった。みんなも、何《なに》も言《い》わない。今澄乃《いますみの》が言《い》っているのは、自分《じぶん》にとって最高《さいこう》の意見《いけん》。それに対《たい》してここで何《なに》か一言《ひとこと》でも「でも」とか「だけど」とか言《い》ったら、澄乃《すみの》の中《なか》でどんな風《かぜ》が吹《ふ》き荒《あ》れるか、分《わ》かっているから。

みんなが押《お》し黙《だま》っているのを良《よ》いことに、澄乃《すみの》は嬉《うれ》しそうに話《はなし》を進《すす》めていく。

「公開録音《こうかいろくおん》、8時《じ》からなの。5時半《じはん》に部活《ぶかつ》終《お》わるじゃん、そっから家《いえ》に帰《かえ》ってたら間《ま》に合《あ》わないから、もう着替《きが》え学校《がっこう》に持《も》って来《き》といて、駅《えき》で着替《きが》えようよ。持《も》ってる中《なか》で、一番《いちばん》おしゃれな服《ふく》じゃなきゃ、ダメだよ！　なんたって、渋谷《しぶや》で、玲《レイ》クンに会《あ》うんだからね!!」

みんな黙々《もくもく》と針《はり》を動《うご》かす。なんと返事《へんじ》をしようかと、考《かんが》えあぐねているようだ。

公開録音《こうかいろくおん》、8時《じ》から？　一体何時《いったいなんじ》に終《お》わるのよ？　終《お》わってから電車《でんしゃ》に乗《の》って、一体何《いったいなん》時《じ》に帰《かえ》れると思《おも》ってんの？　翌日《よくじつ》も学校《がっこう》あるのに？　しかも翌日《よくじつ》の木曜日《もくようび》、予習《よしゅう》の大変《たいへん》な英語《えいご》と古文《こぶん》のダブルパンチの日《ひ》なのに？　待《ま》って、そんなの行《い》っちゃったら、予習《よしゅう》どころか宿題《しゅくだい》も出来《でき》ないじゃん！

日菜子《ひなこ》は胸《むね》がドキドキして、手《て》が震《ふる》えてきた。なんだか、とんでもない流《なが》れに流《なが》されそうになっている。絶対悪《ぜったいわる》い方《ほう》に流《なが》れていくのだ。それが分《わ》かっているのに、日菜子《ひなこ》はそこに飛《と》び込《こ》まなくてはならない。嫌《いや》なのに。絶対《ぜったい》、嫌《いや》なのに。

「すっごい、楽《たの》しみ。……でも……」

取《と》ってつけたような笑顔《えがお》を弱《よわ》く浮《う》かべながら、麻耶《まや》が言《い》った。

「……ママに聞《き》いてみないと、あたし、ちょっと分《わ》かんない……」

麻耶《まや》の言葉《ことば》に、澄乃《すみの》の目《め》がすうっと変《か》わった。冷《つめ》たい、怒《いか》りを帯《お》びた色《いろ》。

慌《あわ》てて麻耶《まや》がつけ足《た》す。

「あたし、あたしも玲《レイ》クン大好《だいす》きだから、絶対行《ぜったいい》きたいんだけど……交通費《こうつうひ》とか、あたし無《な》くって。あたし、お小遣《こづか》いもらってないんだよね。何《なに》かあったらママに話《はな》して、ママがいいって言《い》ってくれた時《とき》だけ、お金出《かねだ》してもらうって、そういう風《ふう》になってるから……。ママが、いいって言《い》ってくれるかどうか……」

必死《ひっし》に麻耶《まや》が説明《せつめい》する。

そうだ、その手《て》があった。うちも、お母《かあ》さんがダメって言《い》うかも。渋谷《しぶや》みたいな遠《とお》いとこに中学生《ちゅうがくせい》だけで行《い》くなんてって。あたしは行《い》きたいけど、お母《かあ》さん心配性《しんぱいしょう》なんだ、やんなっちゃう……。

「お年玉《としだま》は？」

「え？」

「お年玉《としだま》はあるんでしょう？　それ、使《つか》いなよ。お母《かあ》さんには、うちで勉強《べんきょう》するって言《い》いなよ。だから帰《かえ》りは遅《おそ》くなるって。渋谷《しぶや》に行《い》くなんて、言《い》っちゃダメだよ。反対《はんたい》されるに、決《き》まってんだから」

麻耶《まや》は目《め》を見開《みひら》いて言葉《ことば》を失《うしな》った。日菜子《ひなこ》も、みんなもだ。

澄乃《すみの》の中《なか》には、相手《あいて》の気持《きも》ちや事情《じじょう》など、全《まった》く関係《かんけい》ない。ただあるのは、自分《じぶん》にとって都合《つごう》がいいこと、それだけ。

その時《とき》、始業《しぎょう》の予鈴《よれい》が鳴《な》った。気《き》がつけば、ずいぶん校内《こうない》は賑《にぎ》やかになっている。

「いっけない、もうこんな時間《じかん》!」

澄乃《すみの》が慌《あわ》てて裁縫道具《さいほうどうぐ》を片付《かたづ》け出《だ》したので、みんなも一緒《いっしょ》に片付《かたづ》ける。強張《こわば》った表情《ひょうじょう》で。

みんな、困《こま》っているのだ。

親《おや》に嘘《うそ》をつく。

翌日《よくじつ》の授業《じゅぎょう》の予習《よしゅう》も宿題《しゅくだい》もできず、先生《せんせい》に怒《おこ》られるのは火《ひ》を見《み》るより明《あき》らか。

ふとテレビの情報番組《じょうほうばんぐみ》で見《み》た光景《こうけい》が思《おも》い浮《う》かぶ。夜《よる》の渋谷《しぶや》。歩《ある》き回《まわ》ってる中学生《ちゅうがくせい》に、大人《おとな》が声《こえ》を掛《か》ける。悪《わる》い人《ひと》だったり、補導員《ほどういん》だったり……。

日菜子《ひなこ》は、心《こころ》が重《おも》くて倒《たお》れてしまいそうだ。

怖《こわ》い。

行《い》きたくない。

週《しゅう》の折《お》り返《かえ》しの水曜日《すいようび》の夜《よる》は、学校《がっこう》もあと木《もく》、金《きん》行《い》くだけの、心《こころ》が軽《かる》くなっていく時間《じかん》なのだ。ゆっくり夕飯《ゆうはん》を食《た》べて、テレビを見《み》ながら宿題《しゅくだい》をしたい。お父《とう》さんに教《おし》えてもらいながら英語《えいご》の予習《よしゅう》をやって、古文《こぶん》の言葉《ことば》を調《しら》べて、グレープフルーツの香《かお》りの入浴剤《にゅうよくざい》を入《い》れたお風呂《ふろ》でのんびり雑誌《ざっし》を読《よ》みたい。

ああ、もうどうしよう………。

「日菜子《ひなこ》」

教室《きょうしつ》に入《はい》ろうとした時《とき》、体《からだ》をくっつけるように澄乃《すみの》が寄《よ》ってきた。心《こころ》を読《よ》み取《と》られたのかと思《おも》い、日菜子《ひなこ》は心臓《しんぞう》が止《と》まりそうになった。

「えっ……え？」

あたし、何《なに》も考《かんが》えてないよ。行《い》きたくないとか、イヤだとか、そんなこと、全《まった》く。取《と》り繕《つくろ》うように笑顔《えがお》を見《み》せると、澄乃《すみの》もニッコリと笑《わら》って見《み》せた。

「日菜子《ひなこ》、すごく裁縫上手《さいほうじょうず》なんだね。身頃《みごろ》の方《ほう》も、やってくれる？」

「あ、うん！　あたし、手先使《てさきつか》うの好《す》きなんだ。いくらでも、任《まか》せて！」

ホッとして口《くち》がするすると動《うご》く。こんなこと言《い》ったら本当《ほんとう》にいくらでも押《お》し付《つ》けられるのは目《め》に見《み》えていたが、澄乃《すみの》の機嫌《きげん》が良《よ》くなることなら、どんなことでも言《い》える。

「ねえ、麻耶《まや》どう思《おも》う？」

急《きゅう》に低《ひく》くなった澄乃《すみの》の声《こえ》に、日菜子《ひなこ》はドキリとした。文乃《ふみの》と真美《まみ》と並《なら》んで前《まえ》を歩《ある》く麻耶《まや》の背中《せなか》をチラリと見《み》る。

「え？」

「マママってさ、バカじゃない？　もう中二《ちゅうに》だってのに、お小遣《こづか》いもらってないなんてさ、マジおかしいんじゃないの？　ねえ？」

「う……うん……」

声《こえ》を絞《しぼ》り出《だ》すように、日菜子《ひなこ》はうなずいた。本当《ほんとう》は、そうは思《おも》わない。麻耶《まや》の育《そだ》ちの良《よ》い雰囲気《ふんいき》は可愛《かわい》くて、日菜子《ひなこ》は結構好《けっこうす》きだった。しかし澄乃《すみの》の麻耶《まや》の背中《せなか》を見《み》る目《め》は、暗《くら》く冷《つめ》たい光《ひかり》を帯《お》びている。

「……今度《こんど》は、麻耶《まや》ハブろうかな」

「え？」

「公佳《きみか》も最近反省《さいきんはんせい》したみたいだし、公佳《きみか》を戻《もど》して、麻耶《まや》ハブろうかな」

そう言《い》うと、澄乃《すみの》はフフッと笑《わら》って日菜子《ひなこ》を見《み》た。日菜子《ひなこ》も笑《わら》おうと両頰《りょうほお》を上《あ》げた。

でも、それが笑顔《えがお》になっているのか、分《わ》からなかった。

「ね、良《よ》い考《かんが》えだと思《おも》わない？」

澄乃《すみの》に目《め》を覗《のぞ》き込《こ》まれる。日菜子《ひなこ》の運命《うんめい》を握《にぎ》る、残酷《ざんこく》な光《ひかり》を宿《やど》して。

日菜子《ひなこ》は唇《くちびる》を動《うご》かした。渇《かわ》き切《き》っていたのか、その拍子《ひょうし》に唇《くちびる》が小《ちい》さく切《き》れる。しかし、痛《いた》みは感《かん》じなかった。

「……うん」

また、嘘《うそ》をついた。

「え？　明日《あした》の夜《よる》、お友《とも》だちの家《いえ》に行《い》くの？」

キッチンの食器棚《しょっきだな》からマグカップを出《だ》す手《て》を止《と》め、母《はは》は驚《おどろ》いたようにダイニングテーブルに座《すわ》る日菜子《ひなこ》を見《み》た。

夜《よる》、というところに驚《おどろ》いたのかな、と日菜子《ひなこ》は思《おも》った。しかし、前《まえ》の学校《がっこう》でも、バレンタインデー前《まえ》などに、友《とも》だちの家《いえ》に集《あつ》まって夜《よる》までチョコレートやクッキーを作《つく》ったりしたこともあったので、そこに驚《おどろ》かれるとは思《おも》わなかった。だが、そういった時《とき》は、相手《あいて》のお宅《たく》にご迷惑《めいわく》をかけるからということで、必《かなら》ず母親同士《ははおやどうし》でも連絡《れんらく》を取《と》り合《あ》ったりしていた。母《はは》が澄乃《すみの》の母親《ははおや》にご挨拶《あいさつ》を、と言《い》い出《だ》したら、なんて答《こた》えたらいいか……モヤモヤと考《かんが》えていると、「困《こま》ったわ」と母《はは》はつぶやいた。

「お母《かあ》さん、明日夜《あしたよる》まで帰《かえ》れないから、お夕飯《ゆうはん》とか、日菜子《ひなこ》に頼《たの》もうと思《おも》ってたのに」

思《おも》いがけない母《はは》の言葉《ことば》だった。

「え？　なんで？　出《で》かけるの？」

「そうなのよ。真佐子《まさこ》おばさんがね、ぎっくり腰《ごし》になっちゃって。お見舞《みま》いついでに、みいちゃん達《たち》のご飯作《はんつく》ってあげることにしたの。だから帰《かえ》ってくるの、10時近《じちか》くになっちゃうんだけど。お父《とう》さん、出来合《できあ》いのお惣菜《そうざい》や外食嫌《がいしょくきら》いでしょ？　日菜子《ひなこ》にお夕飯作《ゆうはんつく》ってもらわないと、困《こま》るのよね。その約束《やくそく》、明日《あした》じゃないとだめなの？」

「う、ううん！　大丈夫《だいじょうぶ》！　明日《あした》の約束《やくそく》は、断《ことわ》るよ！」

母《はは》の言葉《ことば》に、日菜子《ひなこ》の心《こころ》はどんどん軽《かる》くなっていった。気《き》の毒《どく》だけど、母《はは》の妹《いもうと》の真佐子《まさこ》おばちゃん、ぎっくり腰《ごし》になってくれてありがとう！　いとこのみいちゃんも、お家《うち》のことを全然《ぜんぜん》出来《でき》ない三歳《さんさい》でいてくれて、ありがとう！　そしてお父《とう》さん、外食嫌《がいしょくぎら》いでいてくれて、ありがとう!!

こんな理由《りゆう》なら、渋谷《しぶや》に行《い》くという澄乃《すみの》の誘《さそ》いも、断《ことわ》って大丈夫《だいじょうぶ》だろう。

「本当《ほんとう》に、ごめんね。みいちゃんていとこ、まだ小《ちい》さくて、おばちゃんがお母《かあ》さんに泣《な》きついてきたらしいの。ぎっくり腰《ごし》で、全然動《ぜんぜんうご》けなくて。しかもうちの頑固《がんこ》オヤジ、絶対外《ぜったいがい》食《しょく》NG《エヌジー》だから、ホントやんなっちゃう。あーあ、あたしも玲《レイ》クン、会《あ》いたかったのにー！

いくらでも言《い》い訳《わけ》が頭《あたま》の中《なか》からあふれ出《で》る。

これで、渋谷《しぶや》に行《い》かなくてすむ。

澄乃《すみの》はちょっと気《き》を悪《わる》くするかもしれないけど、その時《とき》には家庭科《かていか》のパジャマ作《づく》りを手《て》伝《つだ》うことを提案《ていあん》すれば、なんとかなりそうな気《き》がする。

「本当《ほんとう》に、ごめんね。せっかくのお友《とも》だちとの約束《やくそく》なのに。大丈夫《だいじょうぶ》？」

「大丈夫《だいじょうぶ》、大丈夫《だいじょうぶ》！　あー、お腹空《なかす》いた！　おやつ食《た》べよーっと！」

心配《しんぱい》そうな母《はは》の眼差《まなざ》しに、日菜子《ひなこ》は笑顔《えがお》で答《こた》え、ボウルに盛《も》られたポテトチップスを口《くち》に放《ほう》り込《こ》んだ。

体中《からだじゅう》をがんじがらめに縛《しば》っていた鎖《くさり》がやっと解《と》けたような、久々《ひさびさ》の解放感《かいほうかん》に日菜子《ひなこ》は浸《ひた》っていた。

「……ふ〜ん。分《わ》かった。そんなんなら、仕方《しかた》ないね」

朝《あさ》の昇降口《しょうこうぐち》で、澄乃《すみの》はちょっと唇《くちびる》をとがらしながらも、うなずきながら言《い》った。

少《すこ》しでも早《はや》く澄乃《すみの》に話《はな》したかった日菜子《ひなこ》は、朝早《あさはや》くから校門《こうもん》で澄乃《すみの》が来《く》るのを待《ま》ち、校《こう》門《もん》から昇降口《しょうこうぐち》までの間《あいだ》に出来《でき》るだけ事細《ことこま》かに今日《きょう》の渋谷《しぶや》行《い》き不参加《ふさんか》の理由《りゆう》を説明《せつめい》したのだ。

「ほんっと、ごめんね！　あたしも、生玲《なまレイ》クン、マジ見《み》たかったのに、ほんっと悔《くや》しいよ！　マジムカつく、うちのオヤジ!!」

大好《だいす》きなお父《とう》さんだけど、今日《きょう》ばかりは極悪人《ごくあくにん》になってもらう。日菜子《ひなこ》は両手《りょうて》を合《あ》わせて拝《おが》むように、澄乃《すみの》に「ごめんね」と謝《あやま》り続《つづ》けた。

「分《わ》かったって。それよか、さっきの話《はなし》、マジだよね？」

「え？」

「家庭科《かていか》のパジャマ、代《か》わりに作《つく》ってくれるって」

渋谷《しぶや》に行《い》かれないお詫《わ》びに裁縫《さいほう》を手伝《てつだ》うとは言《い》ったが、代《か》わりに作《つく》るとは言《い》っていない。

でも、そんなことどうでもよかった。澄乃《すみの》が機嫌《きげん》を損《そこ》ねないでいてくれれば。

「うん！　当《あ》たり前《まえ》じゃん！　そのくらい、させてよね！」

「オッケ。じゃ、次《つぎ》の時《とき》は、絶対一緒《ぜったいいっしょ》に行《い》こうね！」

「うん！」

澄乃《すみの》の笑顔《えがお》を見《み》て、日菜子《ひなこ》は心《こころ》の底《そこ》からホッとした。

……良《よ》かった…………。

その時《とき》、

「あのさ……澄乃《すみの》、ちょっといい？」

振《ふ》り返《かえ》ると、真美《まみ》と文乃《ふみの》、そして麻耶《まや》が立《た》っていた。頬《ほお》を強張《こわば》らせて、目《め》がオドオドと落《お》ち着《つ》かない。

ああ、みんなダメなんだ。

日菜子《ひなこ》が感付《かんづ》いたように、澄乃《すみの》も気付《きづ》いたのだろう。

「何《なに》？」

低《ひく》い声《こえ》で澄乃《すみの》が答《こた》えると、三人《さんにん》は冷《ひ》や水《みず》を浴《あ》びせられたように体《からだ》を強張《こわば》らせた。

「あ、あたし、先行《さきい》くね！　今日《きょう》、社会《しゃかい》の地図《ちず》運《はこ》ばなきゃだから！」

いたたまれなくなり、日菜子《ひなこ》はみんなから離《はな》れて、先《さき》に階段《かいだん》を駆《か》け上《あ》がった。

踊《おど》り場《ば》に着《つ》いて、下《した》をチラリと見下《みお》ろす。四人《よにん》の緊張感《きんちょうかん》が、離《はな》れたこちらにまで届《とど》く様《よう》だ。

やっぱり、みんなダメだったんだ。当《あ》たり前《まえ》だよね、平日《へいじつ》の夜遅《よるおそ》くに、友《とも》だちの家《いえ》に行《い》くなんて。その実《じつ》は、親《おや》に黙《だま》って渋谷《しぶや》に行《い》くなんて、もう恐怖《きょうふ》以外《いがい》の何物《なにもの》でもない。

……でも。

澄乃《すみの》の横顔《よこがお》を見《み》る。眉間《みけん》から鼻《はな》の付《つ》け根《ね》にかけて、しわが寄《よ》っている。不機嫌《ふきげん》な時《とき》の特徴《とくちょう》だ。渋谷《しぶや》行《い》きを話《はな》した時《とき》の澄乃《すみの》の、嬉《うれ》しそうな、楽《たの》しそうな笑顔《えがお》からは、想像《そうぞう》もつかない程《ほど》の険《けわ》しい顔《かお》。

澄乃《すみの》は、一人《ひとり》ではきっと行《い》かない。一人《ひとり》で行《い》きたくないから、みんなを誘《さそ》ったんだから。

あんなに楽《たの》しみにしてたのに……。すごい、がっかりしたんだろうな。スクールバッグと一緒《いっしょ》に持《も》ってる紙袋《かみぶくろ》には、トイレで着替《きが》えることにしてたお気《き》に入《い》りの服《ふく》が入《はい》っているのだろう。

どれだけワクワクしながら、選《えら》んだんだろう。重《おも》くても、そんなの気《き》にもしないで、学校《がっこう》に持《も》ってきたのだろう。

日菜子《ひなこ》の心《こころ》が、チクリと痛《いた》んだ。

かわいそうなこと、しちゃったかな。

一歩《いっぽ》階段《かいだん》から足《あし》を下《お》ろす。しかし、慌《あわ》てて前《まえ》を向《む》き直《なお》り、日菜子《ひなこ》は階段《かいだん》を再《ふたた》び駆《か》け上《あ》がって行《い》った。

ごめんね、澄乃《すみの》。だからって、やっぱり一緒《いっしょ》に渋谷《しぶや》行《い》きはムリだから。

マジ、勘弁《かんべん》だから。

授業《じゅぎょう》が終《お》わると日菜子《ひなこ》は部活《ぶかつ》も休《やす》み、すぐに家《いえ》に帰《かえ》った。家《いえ》の手伝《てつだ》いの忙《いそが》しさをアピールするためだが、何《なん》となく澄乃《すみの》と一緒《いっしょ》にいるのが気《き》まずかったというのも理由《りゆう》のひとつなのかもしれない。

「さーってと、そろそろ買《か》い物《もの》行《い》かなきゃかなーっと」

制服《せいふく》からゆったりした服《ふく》に着替《きが》え、テレビの芸能情報《げいのうじょうほう》をたっぷり楽《たの》しんだところで、ソファから弾《はず》みをつけて起《お》き上《あ》がった。

うるさい母《はは》もいないので、宿題《しゅくだい》も後回《あとまわ》しにして、おやつを食《た》べながらテレビ三昧《ざんまい》でのんびりしていたのだ。


外《そと》は、たくさんの主婦《しゅふ》や親子連《おやこづ》れ、塾《じゅく》に行《い》くらしい小学生《しょうがくせい》が夕日《ゆうひ》に照《て》らされ、商店街《しょうてんがい》を行《ゆ》き交《か》っていた。

めんどうなことは早《はや》く終《お》わらせちゃおっとスーパーへと急《いそ》ごうとした時《とき》、「あれ」と日菜子《ひなこ》は目《め》を見張《みは》った。車道《しゃどう》をはさんだ向《む》こう側《がわ》の歩道《ほどう》に、二中《にちゅう》の制服《せいふく》が見《み》えた。見覚《みおぼ》えのあるショートカットの女《おんな》の子《こ》がゆっくりと歩《ある》いている。

確《たし》か……穂波《ほなみ》。宮本穂波《みやもとほなみ》。

日菜子《ひなこ》が転校《てんこう》してきた日《ひ》に、まるで知《し》り合《あ》いに会《あ》ったかのように驚《おどろ》いた顔《かお》をした、同級《どうきゅう》生《せい》。病気《びょうき》で長期間休《ちょうきかんやす》んでいたので、二度目《にどめ》の二年生《にねんせい》。そのせいか、友《とも》だちが一人《ひとり》もいない。そんな彼女《かのじょ》らしく、やっぱり一人《ひとり》で歩《ある》いている。しかし……

……笑《わら》ってる。

日菜子《ひなこ》は、穂波《ほなみ》の顔《かお》を見《み》つめた。そんなことに気付《きづ》いていない穂波《ほなみ》は、前《まえ》を見《み》たままだが、何《なに》かとても満《み》ち足《た》りたような、豊《ゆた》かな気持《きも》ちが表《あらわ》れた、穏《おだ》やかな笑《え》みが浮《う》かんでいた。学校《がっこう》でいつも見《み》る、なんとなく暗《くら》い無表情《むひょうじょう》とは大違《おおちが》いだ。こんな表情《ひょうじょう》をする人《ひと》を、久《ひさ》しぶりに見《み》た気《き》がする。おかしいな。みんな、教室《きょうしつ》でいつも笑《わら》ってるのに。笑顔《えがお》なんて、見《み》慣《な》れてるはずなのに。

吸《す》い寄《よ》せられるように穂波《ほなみ》の顔《かお》を見《み》つめる。穂波《ほなみ》はそんな日菜子《ひなこ》の視線《しせん》に気付《きづ》かないのか、甘味屋《かんみや》さんと化粧品屋《けしょうひんや》さんの間《あいだ》の小道《こみち》で曲《ま》がり、姿《すがた》を消《け》した。

スーパーで買《か》い物《もの》をして外《そと》に出《で》ると、もう日《ひ》が暮《く》れかけていた。一時間近《いちじかんちか》く買《か》い物《もの》をしていたようだ。一人《ひとり》の時間《じかん》がこんなにのびのびしたものだったなんて。

ちょうど6時《じ》のチャイムが街《まち》に鳴《な》り響《ひび》く。

二中《にちゅう》の生徒《せいと》は、往来《おうらい》に見当《みあ》たらなかった。実《じつ》は澄乃《すみの》に会《あ》えるのを少《すこ》し期待《きたい》していた。澄乃《すみの》に会《あ》えれば本当《ほんとう》に家《いえ》の手伝《てつだ》いをしていたのだとアピールできる。より大変《たいへん》に見《み》えるように、必要《ひつよう》もない重《おも》いジャガイモやキャベツなどたくさん買《か》って、両手《りょうて》に大《おお》きな荷物《にもつ》を下《さ》げたというのに。

もしかして一人《ひとり》で渋谷《しぶや》に行《い》ったのかな？　勝手《かって》に損《そん》した気分《きぶん》になった日菜子《ひなこ》は

「なら、こんなに買《か》い込《こ》むんじゃなかった！」

と文句《もんく》を言《い》いながら、指《ゆび》に食《く》い込《こ》む荷物《にもつ》を肩《かた》に担《かつ》ぐ。そして家路《いえじ》を急《いそ》いだ。

その時《とき》、

「コラ、お前待《まえま》て!!」

いきなり背後《はいご》から聞《き》こえた男《おとこ》の人《ひと》の怒鳴《どな》り声《ごえ》に、日菜子《ひなこ》は驚《おどろ》いて体《からだ》をすくませた。そこに、誰《だれ》かが後《うし》ろから勢《いきお》いよくぶつかってきた。

「きゃっ！」

弾《はず》みで前《まえ》のめりに転《ころ》ぶ。ぶつかった人物《じんぶつ》は日菜子《ひなこ》をチラリと見下《みお》ろし、すぐに走《はし》り去《さ》って行《い》った。走《はし》り去《さ》って行《い》くのは、二中《にちゅう》の……日菜子《ひなこ》と同《おな》じ学校《がっこう》の制服《せいふく》。

「……澄乃《すみの》…………？」

トレードマークのポニーテール。お気《き》に入《い》りという、ギンガムチェックのシュシュ……

玲《レイ》クンに会《あ》いに行《い》くからと、つけていた……。確《たし》かに、間違《まちが》いなく、澄乃《すみの》だ。

やっぱり渋谷《しぶや》に行《い》ってなかったんだ。一人《ひとり》だと澄乃《すみの》は本当《ほんとう》に何《なに》も出来《でき》ないんだから、と心《こころ》の中《なか》で毒《どく》づいた。

でもなんで行《い》っちゃうの？　ぶつかったのあたしだって、気《き》が付《つ》かなかったのかな？

猛《もう》スピードで走《はし》る澄乃《すみの》の後《うし》ろ姿《すがた》を見《み》ていると、それを追《お》うように男《おとこ》が走《はし》って来《き》た。

「誰《だれ》か、そいつ捕《つか》まえてくれ！」

青《あお》いエプロンをつけた男《おとこ》が、澄乃《すみの》の走《はし》って行《い》った方向《ほうこう》に向《む》かって怒鳴《どな》った。

「そいつ、万引《まんび》きだ!!」

三

日菜子《ひなこ》は走《はし》った。

走《はし》って、走《はし》って、走《はし》って、家《いえ》のあるマンションの灯《あか》りが見《み》えた時《とき》、ようやく走《はし》るのをやめた。ゆっくりと歩《ある》く足《あし》が小刻《こきざ》みに震《ふる》えている。日菜子《ひなこ》は荒《あら》い息《いき》を整《ととの》えながら、胸《むね》を押《お》さえた。激《はげ》しく鳴《な》り響《ひび》いている。走《はし》ったから……というよりも、怖《こわ》かったから。

『万引《まんび》きだ!!』

怒鳴《どな》った男《おとこ》の店員《てんいん》は、知《し》っている顔《かお》だった。よくみんなで学校帰《がっこうがえ》りに寄《よ》る、雑貨屋《ざっかや》さんのバイトのお兄《にい》さん。いつもニコニコして、優《やさ》しそうな印象《いんしょう》の男性《だんせい》だ。その人《ひと》が、怒《おこ》って、怒鳴《どな》って、追《お》いかけていた。

澄乃《すみの》を。

日菜子《ひなこ》は全身《ぜんしん》がカアッと熱《あつ》くなるのを感《かん》じた。心臓《しんぞう》が一層《いっそう》ドクドクと乱《みだ》れ打《う》つ。

澄乃《すみの》は、だから走《はし》っていたのか。ぶつかった日菜子《ひなこ》も無視《むし》して走《はし》り去《さ》ったのは、万引《まんび》きをして逃《に》げていたからなのか。

どうしよう。万引《まんび》きって、犯罪《はんざい》だよね。あの雑貨屋《ざっかや》さんにも、本屋《ほんや》さんにも、「万引《まんび》きは犯罪《はんざい》です」って貼《は》り紙《がみ》貼《は》ってあるもの。そんなことを、澄乃《すみの》はやった……いや、犯《おか》した。日菜子《ひなこ》はことの重大《じゅうだい》さに、ますます怖《こわ》くなってきた。足《あし》だけでなく、全身《ぜんしん》がガクガクと震《ふる》えてくる。

見《み》ちゃったあたし、どうしたらいいんだろう。こういうの黙《だま》ってても、犯罪《はんざい》になるんだっけ？　言《い》った方《ほう》がいいのかな。でも、誰《だれ》に？　警察《けいさつ》？　いきなり？　学校《がっこう》？　そしたら、澄乃《すみの》はどうなるの？

日菜子《ひなこ》はすぐ家《いえ》には帰《かえ》りたくなくて、マンションの周《まわ》りをぐるぐる歩《ある》いた。

そして何周歩《なんしゅうある》いたかも分《わ》からなくなっていた時《とき》、日菜子《ひなこ》は人影《ひとかげ》を見《み》つけ、足《あし》を止《と》めた。

マンションの入口《いりぐち》に一人《ひとり》の少女《しょうじょ》が立《た》っている。その少女《しょうじょ》は二中《にちゅう》の制服《せいふく》を着《き》ていた。

結《ゆ》い上《あ》げたポニーテールは乱《みだ》れ、シュシュは取《と》れかかっている。でもそんなこともいとわず、ただじっと日菜子《ひなこ》を暗《くら》い瞳《ひとみ》で見《み》つめている……。

……澄乃《すみの》だ。

全身《ぜんしん》から血《ち》の気《け》が引《ひ》くのを感《かん》じた。

日菜子《ひなこ》のマンションの前《まえ》にいるのだから、澄乃《すみの》が日菜子《ひなこ》に会《あ》いに来《き》たのは明《あきら》かだ。なのに、澄乃《すみの》は何《なに》も言《い》わない。話《はな》しかけもしてこない。ただ見《み》つめるその眼差《まなざ》しは、日菜子《ひなこ》を射抜《いぬ》こうとするかのように鋭《するど》い。不機嫌《ふきげん》とか怖《こわ》いとか、そんなものを超越《ちょうえつ》した闇《やみ》のような色《いろ》を宿《やど》している。

澄乃《すみの》が何故《なぜ》ここにいるのか、日菜子《ひなこ》には想像出来《そうぞうでき》た。

ふと、澄乃《すみの》が動《うご》いた。

日菜子《ひなこ》の体《からだ》が思《おも》わずビクリと反応《はんのう》する。何《なに》かとんでもなく恐《おそ》ろしいことをされる気《き》がした。だが、澄乃《すみの》は何《なに》も言《い》わず背中《せなか》を向《む》け、歩《ある》き出《だ》した。

すっかり日《ひ》の暮《く》れた闇《やみ》に、澄乃《すみの》の姿《すがた》が溶《と》ける。

澄乃《すみの》の姿《すがた》は見《み》えなくなったが、同時《どうじ》に恐怖《きょうふ》は増《ま》していった。何《なに》も言《い》わなかった澄乃《すみの》……。

万引《まんび》き犯《はん》として追《お》われる自分《じぶん》の姿《すがた》を見《み》られた日菜子《ひなこ》のことをどう思《おも》っているのだろう？

どうするつもりなのだろう？

日菜子《ひなこ》は不安《ふあん》で胸《むね》が押《お》しつぶされそうだ。

あたしは……どうなるんだろう？　明日《あした》から。

翌朝《よくあさ》は、今《いま》にも雨《あめ》が降《ふ》りそうな曇《くも》り空《ぞら》だった。

ただでさえ学校《がっこう》に行《い》くのに気《き》が重《おも》いのに、天気《てんき》までこんなに悪《わる》いなんて。

日菜子《ひなこ》は家《いえ》から出《で》てから、大《おお》きくため息《いき》をついた。

昨日《きのう》、家《いえ》に帰《かえ》ってからは、出来《でき》るだけいつも通《どお》りに振《ふ》る舞《ま》っていた。ほんの小《ちい》さな日菜《ひな》子《こ》の変化《へんか》も、母《はは》は見逃《みのが》さない。すぐに「どうしたの？」と聞《き》く。そして「お友《とも》だちと、何《なに》かあったの？」と。

今《いま》の日菜子《ひなこ》には、うるさくてたまらなかった。自分《じぶん》でもどうしたらいいのか分《わ》からず、途方《とほう》に暮《く》れている時《とき》はなおさらだ。母《はは》の前《まえ》で行《おこな》う芝居《しばい》に疲《つか》れていた。早《はや》く母《はは》の目《め》から自由《じゆう》になりたかった。

だけど、日菜子《ひなこ》は学校《がっこう》に行《い》く気《き》にも全《まった》くなれなかった。

今日《きょう》、澄乃《すみの》に会《あ》ったら、どんな顔《かお》をしよう……。たったそんなことでも、胸《むね》に大《おお》きな石《いし》が詰《つ》まったように重苦《おもくる》しい気持《きも》ちになる。

重《おも》い足《あし》どりで、登校《とうこう》する生徒達《せいとたち》の流《なが》れに乗《の》って学校《がっこう》に入《はい》り、靴《くつ》を履《は》きかえて階段《かいだん》を昇《のぼ》る。いつものように賑《にぎ》やかな廊下《ろうか》を通《とお》り自分《じぶん》の教室《きょうしつ》に向《む》かうその時《とき》、なんだかふといつもと違《ちが》う感《かん》じを覚《おぼ》えた。

教室《きょうしつ》が、なんとなく静《しず》かだ。

人《ひと》の気配《けはい》はする。だが人《ひと》が少《すく》ないとか、そういうことではなく、なんだろう、これは……。そう、なんだかみんなで、わざと声《こえ》を落《お》として話《はな》してる、そんな感《かん》じだ。コソコソと、人《ひと》に聞《き》こえない様《よう》に、でも喋《しゃべ》らずにはいられない、そんな感《かん》じ。

何《なに》、これ……？　不思議《ふしぎ》に思《おも》い教室《きょうしつ》の前《まえ》でたたずむと、その背中《せなか》をポンと誰《だれ》かが叩《たた》いた。

「おはよ、日菜子《ひなこ》」

公佳《きみか》が笑《わら》いながら、日菜子《ひなこ》の顔《かお》を覗《のぞ》き込《こ》んだ。

「おはよ」

公佳《きみか》が笑《わら》っているのなんて、久《ひさ》しぶりだ。澄乃《すみの》の提案《ていあん》で映画《えいが》を観《み》に行《い》った時《とき》、公佳《きみか》の映画館選《えいがかんえら》びが悪《わる》くて澄乃《すみの》の怒《いか》りを買《か》い、ずっとハブられていた。ここのところ、寂《さび》しそうにうつむいた公佳《きみか》の顔《かお》しか見《み》ていなかったのだ。何《なに》があったんだろう……。日菜子《ひなこ》が尋《たず》ねようとした時《とき》、公佳《きみか》が日菜子《ひなこ》の耳元《みみもと》に口《くち》を寄《よ》せた。

「ね、聞《き》いた？」

「何《なに》を？」

「澄乃《すみの》、昨日《きのう》万引《まんび》きしたんだって」

言葉《ことば》の最後《さいご》は、フッと笑《わら》うように言《い》った。しかし日菜子《ひなこ》は、それを聞《き》いて硬直《こうちょく》した。

「えっ……？」

「いつもみんなで行《い》ってた『サクラ堂《どう》』って雑貨屋《ざっかや》さん、あそこの店員《てんいん》さんが、二中《にちゅう》の生《せい》徒《と》が万引《まんび》きしたって、学校《がっこう》に連絡《れんらく》してきたんだって。店員《てんいん》さんが言《い》う万引《まんび》きした子《こ》の特徴《とくちょう》が、澄乃《すみの》にドンピシャだったんだってさ。今職員室《いましょくいんしつ》は、その対応《たいおう》で大混乱《だいこんらん》だって」

時刻《じこく》は6時《じ》のチャイムが響《ひび》くころ。二中《にちゅう》の制服姿《せいふくすがた》の女《おんな》の子《こ》による万引《まんび》き——。そしてその姿《すがた》は澄乃《すみの》の姿《すがた》にそっくりだという証言《しょうげん》。

早口《はやくち》に情報提供《じょうほうていきょう》する公佳《きみか》は、とても嬉《うれ》しそうだ。

公佳《きみか》は自分《じぶん》を今《いま》までハブってた澄乃《すみの》が犯罪者《はんざいしゃ》になるのが、よほど胸《むね》がすく思《おも》いなのだろう。日菜子《ひなこ》は慌《あわ》てて教室《きょうしつ》の中《なか》に入《はい》った。

教室《きょうしつ》の中《なか》では、澄乃《すみの》が真美《まみ》たち仲良《なかよ》しに囲《かこ》まれて座《すわ》っていた。だが、その表情《ひょうじょう》からは、いつもの自信満々《じしんまんまん》の笑《え》みは消《き》え、青《あお》ざめた顔《かお》をしていた。

必死《ひっし》の表情《ひょうじょう》で澄乃《すみの》は真美《まみ》たちに「あたし、街《まち》に行《い》ってないし」と、大《おお》きな声《こえ》で話《はな》すのが聞《き》こえてくる。

「あたし、お小遣《こづか》い月《つき》に一万《いちまん》もらってんだよ。それなのに万引《まんび》きなんて、マジありえないじゃん。それに昨日《きのう》は、結局渋谷《けっきょくしぶや》行《い》かなかったから、家《いえ》で玲《レイ》クンのDVD《ディーブイディー》観《み》てたんだもん。あたしのわけ、ないじゃん」

「……でもそんなの、証拠《しょうこ》ないじゃんね」

日菜子《ひなこ》の隣《となり》で、公佳《きみか》がポツリと言《い》った。その時澄乃《ときすみの》の目《め》がこちらを捉《とら》えた。日菜子《ひなこ》を見《み》た瞬間《しゅんかん》、脅《おど》すような強《つよ》い光《ひかり》を宿《やど》した。

昨日《きのう》のマンションの前《まえ》の澄乃《すみの》の強《つよ》く暗《くら》い眼差《まなざ》しを思《おも》い出《だ》した。蛇《へび》に睨《にら》まれた蛙《かえる》のように動《うご》けなくなった。怖《こわ》い。澄乃《すみの》が、怖《こわ》い。

日菜子《ひなこ》は思《おも》わず口《くち》を開《ひら》いた。

「…………あたし…………」

怖《こわ》い。怖《こわ》い。澄乃《すみの》が怖《こわ》い。

「あたし、見《み》た。澄乃《すみの》じゃ、なかった」

日菜子《ひなこ》の口《くち》から、言葉《ことば》が勝手《かって》に流《なが》れ出《で》てきた。

「えっ⁉」

公佳《きみか》が驚《おどろ》きの声《こえ》をあげた。そして周囲《しゅうい》で遠巻《とおま》きに澄乃《すみの》たちを見《み》ていたクラスメート達《たち》、そして何《なに》より澄乃自身《すみのじしん》が、大《おお》きく目《め》を開《ひら》いて日菜子《ひなこ》を見《み》つめた。公佳《きみか》が鋭《するど》い眼差《まなざ》しで日菜《ひな》子《こ》を見《み》つめ、詰《つ》め寄《よ》る。

「日菜子《ひなこ》、見《み》たの？　万引《まんび》きの犯人《はんにん》⁉」

「うん。ちょうど夕飯《ゆうはん》のお買《か》い物《もの》に行《い》ってた時間《じかん》だったから。雑貨屋《ざっかや》さん飛《と》び出《だ》して、店《てん》員《いん》さんに追《お》っかけられてたの、見《み》たんだ。澄乃《すみの》じゃ、なかった」

日菜子《ひなこ》を見《み》る澄乃《すみの》の目《め》が、見《み》る見《み》る柔《やわ》らかくなっていく。ああ、なんとか潜《くぐ》り抜《ぬ》けられた、この困難《こんなん》を……日菜子《ひなこ》がホッとした時《とき》、公佳《きみか》が言《い》った。

「じゃあ、誰《だれ》だったの？」

「誰《だれ》って……………？」

日菜子《ひなこ》は言葉《ことば》に詰《つ》まった。本当《ほんとう》のことなんて口《くち》が裂《さ》けても言《い》えない。

「雑貨屋《ざっかや》さん、二中《にちゅう》の生徒《せいと》って言《い》ったんだよ。じゃあ、誰《だれ》だったの？　ひょっとして、自分《じぶん》？」

「ち、違《ちが》うよ！」

公佳《きみか》はよほど澄乃《すみの》を犯人《はんにん》に仕立《した》て上《あ》げたかったのか、それをひるがえした日菜子《ひなこ》に意地《いじ》の悪《わる》いことを言《い》い出《だ》した。慌《あわ》てて日菜子《ひなこ》が言《い》うと、「じゃあ、誰《だれ》よ？」と食《く》い下《さ》がる。

「見《み》たんでしょ？　別《べつ》の犯人《はんにん》がはっきりしないと、澄乃《すみの》じゃないなんて言《い》っても、証拠《しょうこ》がないのと同《おな》じだよ」

知《し》らない人《ひと》、では通用《つうよう》しそうになかった。日菜子《ひなこ》は頭《あたま》を抱《かか》えたくなった。本当《ほんとう》の犯人《はんにん》は、誰《だれ》なのか？　あの時間《じかん》、二中《にちゅう》の生徒《せいと》は、本当《ほんとう》に誰《だれ》も通《とお》らなかったのだ。澄乃《すみの》と、あともう一人《ひとり》、穂波《ほなみ》以外《いがい》に。

穂波《ほなみ》。

日菜子《ひなこ》はごくりと息《いき》を飲《の》んだ。そうだ、穂波《ほなみ》が通《とお》った。あたりが暗《くら》くなる夕暮《ゆうぐ》れ時《どき》に。たった一人《ひとり》で。

「……宮本《みやもと》さん……だった、かも」

クラス中《じゅう》が、えっと叫《さけ》んだ。誰《だれ》より驚《おどろ》いた顔《かお》で振《ふ》り返《かえ》ったのは、自分《じぶん》の席《せき》で静《しず》かに本《ほん》を読《よ》んでいた宮本穂波本人《みやもとほなみほんにん》だ。

穂波《ほなみ》は何《なに》も言《い》わず、ただ目《め》を見開《みひら》いて日菜子《ひなこ》を見《み》つめている。そんな穂波《ほなみ》の顔《かお》が見《み》られず、日菜子《ひなこ》は澄乃《すみの》の顔《かお》を見《み》ながら、続《つづ》けた。

「あれ……宮本穂波《みやもとほなみ》さんに、見《み》えた」

「何《なん》のこと？　なんであたしなの……？」

「やっぱねー、そんな感《かん》じだと思《おも》ってた！」

席《せき》を立《た》ち、日菜子《ひなこ》の言葉《ことば》に反論《はんろん》しようとした穂波《ほなみ》の言葉《ことば》を、澄乃《すみの》の張《は》り上《あ》げた声《こえ》がかき消《け》す。

「宮本《みやもと》さんて、いっつも本読《ほんよ》んでばっかでさ。全然友《ぜんぜんとも》だちもいないし、そんな生活送《せいかつおく》ってたら、ストレスもたまって万引《まんび》きくらいしたくなるだろうからねー」

「あたしは、そんなことしない！」

「犯罪者《はんざいしゃ》は、みんなそう言《い》うんだよ。あたしは、やってないってね。……公佳《きみか》！」

思《おも》いがけない展開《てんかい》に呆然《ぼうぜん》としていた公佳《きみか》が、澄乃《すみの》にいきなり名前《なまえ》を呼《よ》ばれ、ビクリと体《からだ》を強張《こわば》らせた。絶対澄乃《ぜったいすみの》が犯人《はんにん》だと思《おも》い、息《いき》の根《ね》を断《た》って自分《じぶん》がクラスの輪《わ》に戻《もど》れると思《おも》って安心《あんしん》していたところを、日菜子《ひなこ》の発言《はつげん》でまた居場所《いばしょ》を奪《うば》われた……。声《こえ》を失《うしな》っていた公佳《きみか》に澄乃《すみの》が言《い》った。

「あんた、職員室《しょくいんしつ》に行《い》って、このこと先生《せんせい》に報告《ほうこく》してきな」

「え」

「あんたがこの情報仕入《じょうほうしい》れてきたんでしょ？　ちゃんと真実《しんじつ》を先生《せんせい》に伝《つた》えてきて。そうしたら」

澄乃《すみの》がニヤリと笑《わら》う。

「また、お弁当一緒《べんとういっしょ》に食《た》べてあげる」

「オ、オッケー！」

澄乃《すみの》の言葉《ことば》に、公佳《きみか》の頰《ほお》がパアッと紅潮《こうちょう》する。弾《はず》んだ声《こえ》で答《こた》えると、公佳《きみか》は職員室《しょくいんしつ》に向《む》かってダッシュした。

教室《きょうしつ》の出入口《でいりぐち》に、日菜子《ひなこ》は一人取《ひとりと》り残《のこ》された。ぼうっと眺《なが》める視線《しせん》の先《さき》で、何《なに》もしていない穂波《ほなみ》が呆然《ぼうぜん》と立《た》ち尽《つ》くし、本当《ほんとう》は万引《まんび》きをした澄乃《すみの》が女子《じょし》を集《あつ》めて声高《こわだか》に穂波《ほなみ》の悪口《わるくち》を言《い》い続《つづ》けている。

日菜子《ひなこ》の荒《あら》い鼓動《こどう》が止《と》まらない。目《め》の前《まえ》のこの光景《こうけい》は、本当《ほんとう》に正《ただ》しいことなのか。自分《じぶん》は、とんでもないことをしたのではないか。

またついた、嘘《うそ》で。

「日菜子《ひなこ》」

澄乃《すみの》の声《こえ》が耳《みみ》に入《はい》り、日菜子《ひなこ》は我《われ》に返《かえ》った。澄乃《すみの》がいつもの笑顔《えがお》で、日菜子《ひなこ》を手招《てまね》きしている。いや、いつも以上《いじょう》に微笑《ほほえ》んでいるように見《み》えるのは気《き》のせいか。

「何《なに》してんの？　早《はや》くこっちおいでよ」

澄乃《すみの》を取《と》り囲《かこ》んでいる女子《じょし》たちも、にこやかに日菜子《ひなこ》を見《み》ている。

「うん」

日菜子《ひなこ》は澄乃《すみの》たちの方《ほう》へと歩《ある》いて行《い》った。垂《た》れ込《こ》めていた雲《くも》はいつの間《ま》にか切《き》れ、外《そと》は明《あか》るくなっていた。降《ふ》りそそぐ陽《ひ》の光《ひかり》の中《なか》で、楽《たの》しそうに笑《わら》いおしゃべりする、クラスメート達《たち》。その中《なか》に、日菜子《ひなこ》も混《ま》ざった。

「何《なに》してたの？　日菜子《ひなこ》がいないと、寂《さび》しいじゃない」

これまでにないチャーミングな笑顔《えがお》を見《み》せ、澄乃《すみの》は日菜子《ひなこ》の腕《うで》に自分《じぶん》の腕《うで》を絡《から》ませてきた。

「あたし達《たち》、親友《しんゆう》なんだからさ」

親友《しんゆう》……。

その言葉《ことば》は、日菜子《ひなこ》の心《こころ》に深《ふか》く染《し》みわたった。その意味《いみ》をよく噛《か》みしめ、反芻《はんすう》してみる。

大丈夫《だいじょうぶ》。あたしのしたこと、間違《まちが》ってなんかない。

あたしは、親友《しんゆう》を助《たす》けたんだ。宮本穂波《みやもとほなみ》を巻《ま》き込《こ》んでしまったけれど、澄乃《すみの》を助《たす》けるためには、仕方《しかた》がなかった。あたしがついたのは、ただの嘘《うそ》じゃない。澄乃《すみの》を助《たす》けるための、正義《せいぎ》の嘘《うそ》だったんだ。

良《よ》かった、澄乃《すみの》を助《たす》けられて。

あたしの居場所《いばしょ》を、守《まも》れて。

日菜子《ひなこ》は自分《じぶん》の腕《うで》も澄乃《すみの》に絡《から》めながら、みんなと笑《わら》い合《あ》った。

「あれ、無《な》い！」

体育《たいいく》が終《お》わり、着替《きが》えをすませて教室《きょうしつ》に戻《もど》るなり、自分《じぶん》の机《つくえ》の中《なか》を覗《のぞ》いた公佳《きみか》が大《おお》きな声《こえ》をあげた。クラス中《じゅう》の視線《しせん》が公佳《きみか》に集《あつ》まる。

「どうしたの？」

後《うし》ろの席《せき》の女子《じょし》が声《こえ》を掛《か》けると、公佳《きみか》は大《おお》げさなくらい大《おお》きな声《こえ》で言《い》った。

「無《な》いの、あたしのポーチ！　スマホが入《はい》ってるのに！」

「マジで？　やばいじゃん」

周《まわ》りにいる女子《じょし》が公佳《きみか》の机《つくえ》の中《なか》を探《さが》すのを手伝《てつだ》おうとする。すると
「盗《と》られたんじゃない？　このクラス、泥棒《どろぼう》がいるから」

真美《まみ》がツカツカと宮本穂波《みやもとほなみ》の方《ほう》に歩《あゆ》み寄《よ》った。自分《じぶん》の席《せき》で本《ほん》を読《よ》んでいる穂波《ほなみ》の肩《かた》をグイと押《お》し、

「ちょっと、机《つくえ》の中見《なかみ》せなさいよ」

穂波《ほなみ》が答《こた》える間《ま》もなく、机《つくえ》の中《なか》をまさぐり出《だ》した。驚《おどろ》いたように穂波《ほなみ》は真美《まみ》の手《て》を押《お》さえる。

「何《なに》？　やめてよ」

「ほら、やっぱりあった！」

穂波《ほなみ》の手《て》を振《ふ》り払《はら》い、真美《まみ》は穂波《ほなみ》の机《つくえ》の中《なか》からピンクの水玉模様《みずたまもよう》のビニールポーチを取《と》り出《だ》した。

「あ、あたしのポーチ！」

公佳《きみか》が駆《か》け寄《よ》り、真美《まみ》から渡《わた》されたポーチを開《あ》けて中《なか》を確認《かくにん》する。それを見《み》ながら、穂《ほ》波《なみ》は小《ちい》さくかぶりを振《ふ》り、

「何《なに》、それ？　あたし、知《し》らない」

「知《し》らない？　ならなんで、あんたの机《つくえ》の中《なか》に、公佳《きみか》のポーチが入《はい》ってんのよ!?」

「犯罪者《はんざいしゃ》は、たいてい知《し》らないって言《い》うんだって。自分《じぶん》のした犯罪《はんざい》に対《たい》して」

「何《なに》だまってんのよ！　あんたが盗《と》ったんでしょ!?　あんた体育見学《たいいくけんがく》で着替《きが》えしなかったじゃない！　みんなより早《はや》く教室戻《きょうしつもど》って、公佳《きみか》のスマホ盗《ぬす》んだんでしょ!?」

怒鳴《どな》るようにそう言《い》うと、真美《まみ》は穂波《ほなみ》の机《つくえ》を蹴《け》りつけた。そのはずみで机《つくえ》は倒《たお》れ、中《なか》の教科書《きょうかしょ》やノートが散乱《さんらん》する。

「みんな、なんか無《な》くなった物《もの》ない？　こん中《なか》から見《み》つかるかもよ！」

クラスメート達《たち》が自分《じぶん》の荷物《にもつ》がないか、穂波《ほなみ》の荷物《にもつ》やカバンの中《なか》を確認《かくにん》する。そして確《かく》認《にん》する風《ふう》を装《よそお》って、穂波《ほなみ》の持《も》ち物《もの》をめちゃめちゃにするのだ。

穂波《ほなみ》はその様子《ようす》に構《かま》わず、机《つくえ》を直《なお》そうとした。しかし今度《こんど》は公佳《きみか》にその手《て》を蹴《け》りつけられ、穂波《ほなみ》は机《つくえ》もろとも床《ゆか》に倒《たお》された。

「泥棒《どろぼう》のくせに、フツーに座《すわ》っててんじゃないよ！」

そう言《い》うと、公佳《きみか》は穂波《ほなみ》のノートや教科書《きょうかしょ》を踏《ふ》みつけた。

「もう、やめといたらー？」

自分《じぶん》の席《せき》からその様子《ようす》を眺《なが》めていた澄乃《すみの》が声《こえ》を掛《か》ける。

「先生《せんせい》が来《き》たら、あんた達《たち》いじめてると思《おも》われるよー」

澄乃《すみの》は、笑《わら》っている。澄乃《すみの》の前《まえ》に座《すわ》りながら、日菜子《ひなこ》はいたたまれなさを感《かん》じずにはいられなかった。

穂波《ほなみ》の机《つくえ》に公佳《きみか》のポーチを入《い》れたのは、日菜子《ひなこ》なのだ。

体育《たいいく》の前《まえ》、澄乃《すみの》と真美《まみ》に誘《さそ》われて、一足早《ひとあしはや》く体操服《たいそうふく》に着替《きが》えて更衣室《こういしつ》から教室《きょうしつ》に戻《もど》った。

そして、誰《だれ》も見《み》ていないのを確《たし》かめてから、澄乃《すみの》が公佳《きみか》のポーチを日菜子《ひなこ》に手渡《てわた》した。

『これ、穂波《ほなみ》の机《つくえ》に入《い》れな』と言《い》って。

『協調性《きょうちょうせい》が無《な》い上《うえ》に泥棒《どろぼう》まで働《はたら》く極悪人《ごくあくにん》が罰《ばっ》せられないのは、おかしいでしょ。あたし達《たち》が、罰《ばつ》を下《くだ》してやらないとね』

澄乃《すみの》は笑《わら》って言《い》った。澄乃《すみの》の笑顔《えがお》に、逆《さか》らうことは出来《でき》ない。まして、日菜子《ひなこ》にイヤだなんて言《い》える理由《りゆう》もない。日菜子《ひなこ》は澄乃《すみの》に言《い》われるがまま、穂波《ほなみ》の机《つくえ》にポーチを入《い》れた。


雑貨屋《ざっかや》での万引《まんび》きの話《はなし》は、結局《けっきょく》うやむやになっていた。

あの時後《ときあと》を追《お》っていた店員《てんいん》も、盗《ぬす》んだ生徒《せいと》に対《たい》し暗《くら》がりの中《なか》での印象《いんしょう》しかなかったため、二中《にちゅう》の制服以外《せいふくいがい》はあまりしっかりと見《み》えなかったそうなのだ。

しかも本当《ほんとう》の犯人《はんにん》はポニーテールの澄乃《すみの》なのに、ショートカットの穂波《ほなみ》が容疑者《ようぎしゃ》として目《め》の前《まえ》に出《で》てきても、「うーん」と首《くび》をかしげるだけだった。

しかも実際《じっさい》、穂波《ほなみ》はやっていないので、動機《どうき》や盗《ぬす》んだ物《もの》などすら答《こた》えられるはずもなく、雑貨店《ざっかてん》の店員《てんいん》とも話《はなし》がチグハグに終《お》わった。確《たし》かな証拠《しょうこ》もないし、本人《ほんにん》も否定《ひてい》をしているのに犯人《はんにん》と決《き》める訳《わけ》にもいかない。そんな状況《じょうきょう》なので、とりあえずはおとがめなしになったのだ。

ただ、万引《まんび》きのあった夕方《ゆうがた》の6時《じ》、どこで何《なに》をしていたのかに関《かん》しては、穂波《ほなみ》は誰《だれ》に何《なに》を聞《き》かれても絶対《ぜったい》に答《こた》えなかった。

答《こた》えられないのには、やましい理由《りゆう》があるに違《ちが》いない――そんな雰囲気《ふんいき》だけを残《のこ》し、この事件《じけん》の幕《まく》は閉《と》じた。

だが、クラスはあの日《ひ》を境《さかい》に、全《すべ》てが変《か》わった。

「穂波《ほなみ》を見《み》た」という日菜子《ひなこ》の話《はなし》は澄乃《すみの》の巧《たく》みな誘導《ゆうどう》により真実《しんじつ》となり、穂波《ほなみ》の泥棒《どろぼう》のレッテルは剝《は》がれることはなかった。

本当《ほんとう》は、違《ちが》う。

それは、日菜子《ひなこ》と澄乃《すみの》、そして穂波《ほなみ》だけが知《し》っている真実《しんじつ》。でも日菜子《ひなこ》はそれをねじ曲《ま》げ、歪《ゆが》んだ真実《しんじつ》を作《つく》り出《だ》してしまった。澄乃《すみの》を助《たす》けるために、必要《ひつよう》なことだった。自分《じぶん》は、親友《しんゆう》を守《まも》った。いつもいつも、それを思《おも》い続《つづ》けている。心《こころ》に刻《きざ》みつけるように。そうしないと、苦《くる》しくてたまらなくなるのだ。

あれ以来《いらい》、穂波《ほなみ》はただでさえ浮《う》いていたクラスの中《なか》で、居場所《いばしょ》を失《うしな》った。泥棒《どろぼう》としてみんなから無視《むし》され、嫌《いや》がらせを受《う》けるようになった。今日《きょう》のような嫌《いや》がらせも、もう何度《なんど》目《め》だろう。味方《みかた》になってくれるクラスメートは、一人《ひとり》もいない。

それでも。

穂波《ほなみ》が机《つくえ》を戻《もど》したと同時《どうじ》にチャイムが鳴《な》り、数学教師《すうがくきょうし》の神野先生《じんのせんせい》が入《はい》ってきた。

「宮本《みやもと》、何《なに》してる？　先生《せんせい》が来《く》る前《まえ》に教科《きょうか》の準備《じゅんび》をしろと言《い》っただろう」

机《つくえ》の上《うえ》に何《なに》も出《だ》していない穂波《ほなみ》を見《み》とがめて、神野先生《じんのせんせい》は叱《しか》りつけた。穂波《ほなみ》は小《ちい》さく

「すみません」と言《い》っただけで、黙々《もくもく》と数学《すうがく》の準備《じゅんび》をする。

「机《つくえ》を倒《たお》されました」とも、「あたしは何《なに》もしてないのに、勝手《かって》に机《つくえ》に物《もの》を入《い》れて泥棒扱《どろぼうあつか》いする人《ひと》がいます」とも、言《い》わずに。

何《なに》をされてもいつもと変《か》わらず、静《しず》かに教室《きょうしつ》に存在《そんざい》している。

「なんか、ムカつく。穂波《ほなみ》のヤツ」

澄乃《すみの》が唸《うな》るように言《い》った。

「なんであんなに平気《へいき》なの？　もっと強烈《きょうれつ》な嫌《いや》がらせ、考《かんが》えなきゃね」

澄乃《すみの》は、うろたえる姿《すがた》を見《み》るのが好《す》きなのだ。今《いま》までいつも自分《じぶん》が輪《わ》の中心《ちゅうしん》にいて、その中《なか》から誰《だれ》かをハブることで仲間《なかま》の結束《けっそく》を強《つよ》め、ハブられた人間《にんげん》が傷《きず》つき、苦《くる》しみ悲《かな》しむ姿《すがた》を見《み》て楽《たの》しむのだ。でも、穂波《ほなみ》にはそれがない。

こんな嫌《いや》がらせを受《う》けて、穂波《ほなみ》は傷《きず》つかないのだろうか。

日菜子《ひなこ》は穂波《ほなみ》の横顔《よこがお》を見《み》つめた。

なんで？　と思《おも》うが、その落《お》ち着《つ》いた横顔《よこがお》は答《こた》えを見《み》せなかった。

もうすぐ昼休《ひるやす》みが終《お》わる。予鈴《よれい》が鳴《な》り、体育館《たいいくかん》や校庭《こうてい》で遊《あそ》んでいた生徒達《せいとたち》が、潮《しお》が引《ひ》くように教室《きょうしつ》に戻《もど》っていく。静《しず》けさを取《と》り戻《もど》した体育館《たいいくかん》に、数人《すうにん》の人影《ひとかげ》が何《なに》かを引《ひ》きずるようにやってきた。先頭《せんとう》に立《た》っているのは澄乃《すみの》、その後《あと》には澄乃《すみの》の取《と》り巻《ま》きの女子《じょし》が続《つづ》く。

当然《とうぜん》その中《なか》には日菜子《ひなこ》もいる。

彼女《かのじょ》たちが引《ひ》きずっているのは、穂波《ほなみ》だった。

「ほら、あんたはここで、5時間目《じかんめ》を受《う》けな」

澄乃《すみの》の言葉《ことば》に合《あ》わせるように、真美《まみ》と公佳《きみか》が体育館《たいいくかん》の倉庫《そうこ》の重《おも》い引《ひ》き戸《ど》を開《あ》けた。湿気《しっけ》と生徒達《せいとたち》の汗《あせ》と埃《ほこり》の匂《にお》いを吸《す》い込《こ》んだマットや跳《と》び箱《ばこ》がしまってある倉庫《そうこ》の中《なか》は、窓《まど》ひとつない暗《くら》がりだった。体育《たいいく》の係《かかり》や運動部《うんどうぶ》の部員《ぶいん》でも、その息苦《いきぐる》しく異様《いよう》な空気《くうき》のそこには長《なが》く中《なか》にいるのを嫌《いや》がる。そんな中《なか》に、文乃《ふみの》と麻耶《まや》、そして日菜子《ひなこ》が、穂波《ほなみ》を突《つ》き飛《と》ばした。ドン、と音《おと》を立《た》てて、穂波《ほなみ》が倉庫《そうこ》の中《なか》に倒《たお》れ込《こ》む。

「ここってさ、ネズミが出《で》るんだってさ」

楽《たの》しいことのように弾《はず》む声《こえ》で澄乃《すみの》が言《い》うと、真美《まみ》も笑《わら》いながら

「他《ほか》にも、出《で》るらしいよ。ユーレイとか」

「マジで？」

「うん。お姉《ねえ》ちゃんに聞《き》いた。首《くび》の骨《ほね》を折《お》って死《し》んだ体操部《たいそうぶ》の部員《ぶいん》が、ユーレイになって出《で》るんだって。前《まえ》にここに間違《まちが》って閉《と》じ込《こ》められた生徒《せいと》が、そのユーレイ見《み》て、怖《こわ》すぎて死《し》んだって話《はなし》があるんだって」

「マジ？　こわーい！」

みんなで笑《わら》い合《あ》う。

「泥棒《どろぼう》のあんたには、ピッタリの場所《ばしょ》よね」

澄乃《すみの》が言《い》う。その言葉《ことば》に、日菜子《ひなこ》は笑顔《えがお》の後《うし》ろで、チクリと心《こころ》がうずくのを感《かん》じた。

自分《じぶん》が、嘘《うそ》さえつかなければ起《お》こらなかった、いわれのないいじめを穂波《ほなみ》は受《う》けている。

「さ、閉《し》めよ」

澄乃《すみの》が言《い》い、真美《まみ》と公佳《きみか》が引《ひ》き戸《ど》を引《ひ》く。その時《とき》、穂波《ほなみ》が「やめて」と懇願《こんがん》するのを、怖《こわ》がって、泣《な》いてすがってくるのを、澄乃《すみの》は期待《きたい》したのだろう。

しかし穂波《ほなみ》は、何《なに》も言《い》わなかった。表情《ひょうじょう》の無《な》い目《め》でこちらを見《み》つめたまま、体勢《たいせい》を正《ただ》し、座《すわ》り直《なお》した。まるで、早《はや》く閉《し》めたら、と言《い》わんばかりに。

そんな穂波《ほなみ》の様子《ようす》を見《み》て、澄乃《すみの》は舌打《したう》ちをした。そして引《ひ》き戸《ど》が閉《し》まりそうになるのを押《お》しとどめると、穂波《ほなみ》の胸元《むなもと》を蹴《け》りつけた。

「あんた、マジムカつく!!」

倒《たお》れた穂波《ほなみ》に向《む》かい怒鳴《どな》りつけると、澄乃《すみの》は音《おと》を立《た》てて引《ひ》き戸《ど》を閉《し》めた。そしてかんぬきをかけ、「死《し》ね、おまえ」と吐《は》き捨《す》てるように言《い》って足早《あしばや》に立《た》ち去《さ》った。

「待《ま》ってよ、澄乃《すみの》」

急《きゅう》に不機嫌《ふきげん》になった澄乃《すみの》に慌《あわ》てて、みんなで後《あと》を追《お》う。

本鈴《ほんれい》が響《ひび》く。「あ、ヤバ！」みんなで走《はし》り体育館《たいいくかん》から校舎《こうしゃ》に入《はい》った。澄乃《すみの》の機嫌《きげん》は些細《ささい》なことでクルクル変《か》わる。難《むずか》しいが、それについていかなければどうなるか分《わ》からない。しんどい。

日菜子《ひなこ》は心《こころ》の中《なか》でため息《いき》をついたその時《とき》、ふと異変《いへん》に気付《きづ》いた。

無《な》い……鍵《かぎ》が。制服《せいふく》のポケットに入《い》れていた、家《いえ》の鍵《かぎ》が。

後《うし》ろを振《ふ》り返《かえ》ってみるが、廊下《ろうか》には鍵《かぎ》らしいものは落《お》ちていない。日菜子《ひなこ》は息《いき》を飲《の》んだ。

あそこか。体育館《たいいくかん》の、倉庫《そうこ》。きっと、穂波《ほなみ》を倉庫《そうこ》に突《つ》き飛《と》ばしたはずみに、落《お》ちたのだ。

どうしよう……。鍵《かぎ》を落《お》としたままに出来《でき》ない。でも、もう午後《ごご》の授業《じゅぎょう》が始《はじ》まる。いや、そんなことより、穂波《ほなみ》を閉《と》じ込《こ》めた倉庫《そうこ》に一人《ひとり》で戻《もど》るのが気《き》が重《おも》い。澄乃達《すみのたち》はうろたえる日菜子《ひなこ》なんかに構《かま》わず、もう校舎《こうしゃ》の方《ほう》へ走《はし》り去《さ》ってしまっていた。

ああ、もう……。日菜子《ひなこ》は二《に》、三歩足踏《さんぽあしぶ》みをしたが覚悟《かくご》を決《き》め、体育館《たいいくかん》に向《む》かって走《はし》り出《だ》した。

猛《もう》スピードで戻《もど》ると、体育館《たいいくかん》の隅《すみ》に位置《いち》する倉庫《そうこ》の入口前《いりぐちまえ》で、キラリと輝《かがや》く光《ひかり》が目《め》に入《はい》った。日菜子《ひなこ》はホッとした。落《お》としたのが倉庫《そうこ》の中《なか》でなかったのが、何《なに》よりの救《すく》いだった。

シンと静《しず》まりかえった体育館《たいいくかん》に入《はい》ると、音《おと》を立《た》てるのがはばかられて、忍《しの》び足《あし》になった。

倉庫《そうこ》が近《ちか》づく。日菜子《ひなこ》の足《あし》は、段々重《だんだんおも》くなってきた。

この中《なか》に、穂波《ほなみ》がいる。

自分《じぶん》がついた嘘《うそ》のせいでいじめられ、本当《ほんとう》なら遭《あ》わなくてもいいひどい目《め》に遭《あ》っている穂波《ほなみ》が。

どんな思《おも》いで、この中《なか》に閉《と》じ込《こ》められているのだろう。窓《まど》もない倉庫《そうこ》の中《なか》、扉《とびら》が閉《し》まっていたら、真《ま》っ暗《くら》のはずだ。暑《あつ》さと湿気《しっけ》で、息苦《いきぐる》しいくらいだろう。どれだけ怖《こわ》いだろう。泣《な》いているだろうか。自分《じぶん》をこんな目《め》にあわせた原因《げんいん》の日菜子《ひなこ》のことを、きっとひどく恨《うら》んでいるだろう。憎《にく》んでいるだろう。鍵《かぎ》は目《め》の前《まえ》にある。だがこんなことを考《かんが》えていると、日菜子《ひなこ》の足《あし》はどうしてもあと一歩《いっぽ》のところで、倉庫《そうこ》に近《ちか》づくことが出来《でき》ない。日菜子《ひなこ》は、うつむいたまま立《た》ち尽《つ》くした。

そんな日菜子《ひなこ》の耳《みみ》に、忍《しの》び込《こ》むように、何《なに》かが聞《き》こえてきた。

……何《なに》？

耳《みみ》をすませてみる。体育館《たいいくかん》の外《そと》の梢《こずえ》が鳴《な》る音《おと》と共《とも》に聞《き》こえてくる、細《ほそ》い、高《たか》い声《こえ》……い
や、これは、歌声《うたごえ》………？

倉庫《そうこ》の中《なか》から聞《き》こえてくるようだ。日菜子《ひなこ》は倉庫《そうこ》の扉《とびら》に耳《みみ》をつけてみた。そうだ。これは、穂波《ほなみ》が歌《うた》っている。穂波《ほなみ》の歌声《うたごえ》だ。

日菜子《ひなこ》は思《おも》わず聴《き》き入《い》った。外国語《がいこくご》……英語《えいご》？ 初《はじ》めて聴《き》く歌《うた》。そして、初《はじ》めて聴《き》く、きれいな歌声《うたごえ》。優《やさ》しく降《ふ》りそそぐ陽《ひ》の光《ひかり》を思《おも》わせるような、透《す》き通《とお》った、キラキラした声《こえ》。

その歌声《うたごえ》は、日菜子《ひなこ》の心《こころ》に沁《し》み込《こ》んだ。沁《し》み込《こ》み、満《み》ちて、気《き》が付《つ》いたら、日菜子《ひなこ》の目《め》から涙《なみだ》がこぼれ落《お》ちていた。

あたしが澄乃《すみの》を庇《かば》ったのは、親友《しんゆう》を庇《かば》うためじゃない。澄乃《すみの》が怖《こわ》かったから。澄乃《すみの》を売《う》ることで自分《じぶん》の立場《たちば》が悪《わる》くなったり、居場所《いばしょ》が無《な》くなるのが怖《こわ》かったから。

穂波《ほなみ》の歌声《うたごえ》の美《うつく》しさが、日菜子《ひなこ》の心《こころ》のズルさ、醜《みにく》さを照《て》らし出《だ》す。こんなに美《うつく》しいものの前《まえ》で、あたしは一体何《いったいなに》をしているのか。

日菜子《ひなこ》は急《いそ》いで鍵《かぎ》を拾《ひろ》った。そして、倉庫《そうこ》の引《ひ》き戸《ど》のかんぬきをはずした。その音《おと》で、穂波《ほなみ》の歌声《うたごえ》が途切《とぎ》れた。「誰《だれ》？」という穂波《ほなみ》の声《こえ》に弾《はじ》かれるように、日菜子《ひなこ》は倉庫《そうこ》の前《まえ》か

ら駆《か》け出《だ》した。

穂波《ほなみ》の歌声《うたごえ》を、ずっと聴《き》いていたい気《き》がしていた。しかしそれと同時《どうじ》に、これ以上聴《いじょうき》いていたら心《こころ》が壊《こわ》れてしまいそうで、日菜子《ひなこ》は怖《こわ》くてたまらなかった。


穂波《ほなみ》の歌声《うたごえ》を忘《わす》れよう……そう思《おも》いながら週末《しゅうまつ》は過《す》ごした。


「あ〜、タルイ〜」

「全校朝会《ぜんこうちょうかい》なんて、なんでやんのかね〜」

校庭《こうてい》に整然《せいぜん》と並《なら》んだ全校生徒《ぜんこうせいと》の間《あいだ》から、あちらこちらで不平不満《ふへいふまん》がもれ聞《き》こえてくる。

ただでさえ月曜日《げつようび》の朝《あさ》から外《そと》で立《た》ちっぱなしというのがしんどいのに、延々《えんえん》と続《つづ》く校長先《こうちょうせん》生《せい》の話《はなし》を聞《き》き続《つづ》けなくてはいけないというのが、つらい。

「………………ということで、今週《こんしゅう》もみんな頑張《がんば》るように」と言《い》うから終《お》わりかと思《おも》うと、

「さて、次《つぎ》に……」などと新《あら》たな話《はなし》が始《はじ》まる。ザワザワと雑談《ざつだん》が増《ふ》えてきて生徒達《せいとたち》の集中《しゅうちゅう》力《りょく》が散漫《さんまん》になってきたのが分《わ》かったのか、校長先生《こうちょうせんせい》はやっと「では、最後《さいご》に」と締《し》めくくりの話題《わだい》を持《も》ってきた。

「こちらに、お礼状《れいじょう》が届《とど》いています」

そう言《い》って、校長先生《こうちょうせんせい》は朝礼台《ちょうれいだい》の上《うえ》で、全校生徒《ぜんこうせいと》に対《たい》して一通《いっつう》の封筒《ふうとう》をかざして見《み》せた。

「これは、市立病院《いちりつびょういん》からいただいたものです。うちの中学校《ちゅうがっこう》の生徒《せいと》が、市立病院《いちりつびょういん》で入院患《にゅういんかん》者《じゃ》さん達《たち》のために、ボランティアで独唱会《どくしょうかい》を開《ひら》いているそうで、患者《かんじゃ》さん達《たち》がとても喜《よろこ》んで下《くだ》さったそうです。患者《かんじゃ》さん達《たち》に感動《かんどう》を与《あた》えた美《うつく》しい歌声《うたごえ》の持《も》ち主《ぬし》は……」

校長先生《こうちょうせんせい》はそこまで言《い》って封筒《ふうとう》を開《あ》け、お礼《れい》が書《か》かれている便箋《びんせん》に目《め》を通《とお》し、前《まえ》に向《む》き直《なお》り、

「宮本穂波《みやもとほなみ》さん」

その声《こえ》がよく響《ひび》いたのは、マイクを通《とお》したからだけではないだろう。前《まえ》に並《なら》ぶ教師達《きょうしたち》も生徒達《せいとたち》も、驚《おどろ》きの表情《ひょうじょう》を見《み》せた。だって穂波《ほなみ》は、本当《ほんとう》か嘘《うそ》かは定《さだ》かではないが、万引《まんび》きを疑《うたが》われた生徒《せいと》ではなかったか。

そして何《なに》より驚《おどろ》いていたのは、穂波《ほなみ》だった。まさかこんな風《ふう》に全校生徒《ぜんこうせいと》の前《まえ》で自分《じぶん》のしたことを話《はな》されるとは思《おも》っていなかったのだろう。普段《ふだん》はポーカーフェイスの穂波《ほなみ》の顔《かお》が見《み》る見《み》る赤《あか》くなっていく。それを優《やさ》しい目《め》で見《み》ながら、校長先生《こうちょうせんせい》は続《つづ》けた。

「宮本《みやもと》さん、あなたは毎月《まいつき》15日《にち》に、この病院《びょういん》で歌《うた》を披露《ひろう》しているそうですね。患者《かんじゃ》さん方《がた》、特《とく》に長《なが》く入院《にゅういん》している患者《かんじゃ》さん方《がた》は、あなたの歌《うた》をとても楽《たの》しみにしているそうです。来《らい》月《げつ》もあなたの歌を聴《き》きたいから、絶対《ぜったい》死《し》なない、と言《い》って下《くだ》さる方《かた》もいらっしゃるそうですよ。素晴《すば》らしいことです。これからも続《つづ》けて下《くだ》さいね」

校長先生《こうちょうせんせい》はそう言《い》うと、穂波《ほなみ》に向《む》かって拍手《はくしゅ》をした。それは教師達《きょうしたち》に広《ひろ》がり、やがて全《ぜん》校生徒《こうせいと》からの拍手《はくしゅ》に、穂波《ほなみ》は包《つつ》まれた。

日菜子《ひなこ》も、気《き》が付《つ》いたら手《て》を叩《たた》いていた。やっぱり、と日菜子《ひなこ》は思《おも》った。穂波《ほなみ》の歌声《うたごえ》は忘《わす》れたくても忘《わす》れられない……。当《あ》たり前《まえ》なんだ。穂波《ほなみ》の歌《うた》の力《ちから》は、すごい。それは、日《ひ》菜子《なこ》がここにいる誰《だれ》よりも分《わ》かっていた。そしてそれは、穂波《ほなみ》への風向《かざむ》きも変《か》えた。

そんな中《なか》、あちらこちらでささやき合《あ》う声《こえ》が聞《き》こえた。

「穂波《ほなみ》が病院《びょういん》で歌《うた》ったのって、毎月《まいつき》15日《にち》って話《はなし》だったよね？　それってさ……」

「あの、万引《まんび》き騒《さわ》ぎの日《ひ》じゃない？」

日菜子《ひなこ》の心臓《しんぞう》に、大《おお》きな岩《いわ》がぶつかったような衝撃《しょうげき》が走《はし》った。

万引《まんび》き騒《さわ》ぎがあったのは、確《たし》かに先月《せんげつ》の15日《にち》だった。

そしてその日《ひ》、穂波《ほなみ》も病院《びょういん》に行《い》っているのは間違《まちが》いない。しかも独唱会本番《どくしょうかいほんばん》が6時《じ》からだったので、その前《まえ》には病院《びょういん》に入《はい》ったはずだ。日菜子《ひなこ》が見《み》かけたのは病院《びょういん》に行《い》く途中《とちゅう》の穂《ほ》波《なみ》だったのだ。

一方《いっぽう》、万引《まんび》きが行《おこな》われ、店員《てんいん》が女子生徒《じょしせいと》を追《お》いかけたのも、6時《じ》。

「違《ちが》うじゃん、これ」

休《やす》み時間《じかん》、クラスでも推理小説好《すいりしょうせつず》きの女子《じょし》・藤田《ふじた》が教壇《きょうだん》に立《た》ち声高《こわだか》に言《い》った。

「宮本《みやもと》のアリバイ、確定《かくてい》！　なんで言《い》わなかったのよ、アリバイあるの」

藤田《ふじた》が穂波《ほなみ》を見《み》た。しかし穂波《ほなみ》は自分《じぶん》の席《せき》に座《すわ》り、視線《しせん》を落《お》としたまま
「……アリバイなんて………」

疑《うたが》いが晴《は》れてもたいして嬉《うれ》しそうでもなく、小《ちい》さくつぶやいた。

「でもさ、じゃあ、どういうこと？」

「日菜子《ひなこ》、なんで穂波《ほなみ》がやったなんて、嘘言《うそい》ったの？」

クラスメートの素朴《そぼく》な疑問《ぎもん》に、日菜子《ひなこ》の心臓《しんぞう》は、ドクドクと鳴《な》り出《だ》した。

穂波《ほなみ》の無実《むじつ》が実証《じっしょう》されること。それはつまり、日菜子《ひなこ》の嘘《うそ》がばれることだ。嘘《うそ》がばれたら、一体《いったい》どうなるのか。澄乃《すみの》がやったと、真実《しんじつ》を言《い》わなくてはならない。でもそんなこと言《い》ったら、自分《じぶん》はどうなってしまうのだ？　裏切者《うらぎりもの》になり、澄乃《すみの》とも澄乃《すみの》でつながってる友《とも》だちとも縁《えん》を切《き》られ、自分《じぶん》はどうやってこれから学校生活《がっこうせいかつ》を送《おく》ればいいのだ？

どうしよう……どうしよう、どうしよう………！

日菜子《ひなこ》はいたたまれなくなった。飛《と》び出《だ》して逃《に》げてしまいたい。そうだ、逃《に》げてしまおうか。せめてこの話題《わだい》があがってる間《あいだ》だけでも。そう思《おも》い、腰《こし》を上《あ》げようとした時《とき》。

「実《じつ》は、日菜子《ひなこ》がやったんじゃない？」

日菜子《ひなこ》の前《まえ》から、低《ひく》い声《こえ》が聞《き》こえた。

あたしがやった……？　日菜子《ひなこ》が顔《かお》を上《あ》げると、その声《こえ》の主《ぬし》はまるで極悪人《ごくあくにん》を憎《にく》むような目《め》で、日菜子《ひなこ》を睨《にら》みつけていた。

「嘘《うそ》つき。あんた、サイテーね」

「……澄乃《すみの》………？」

日菜子《ひなこ》は頭《あたま》が混乱《こんらん》してきた。澄乃《すみの》は、何《なに》を言《い》っているのだ？　あたしがやった？　何《なに》を？　違《ちが》うでしょ？　あたしが街《まち》にいる時《とき》、あんたぶつかってきたよね？　何《なに》も言《い》わないで大急《おおいそ》ぎで逃《に》げたよね？　追《お》いかけて来《き》た店員《てんいん》から、逃《に》げてたんだよね？　それは

「す……澄乃《すみの》が、万引《まんび》きしたんじゃない……！」

声《こえ》を振《ふ》り絞《しぼ》るように、日菜子《ひなこ》は言《い》った。何《なに》がどうなっているのか、わからない。ただひとつ、真実《しんじつ》としてあるのは、それだけだった。万引《まんび》きをしたのは、澄乃《すみの》だ。

しかし、

「はあ？　何言《なにい》っちゃってんの、あんた!?」

澄乃《すみの》は立《た》ち上《あ》がると同時《どうじ》に、日菜子《ひなこ》の胸《むな》ぐらをつかみ上《あ》げた。

「あんた、自分《じぶん》のやったことを隠《かく》すために穂波《ほなみ》を陥《おとしい》れただけじゃなくて、親友《しんゆう》のあたしにまで罪《つみ》を被《かぶ》せようっていうの!?　あんたって、どこまでサイテーな人間《にんげん》なの!?」

「だって、違《ちが》う……。あたし、万引《まんび》きなんてしてないもの。ホントに、ホントにあたし

…………」

「……もう、やめたら」

藤田《ふじた》が冷《つめ》たい声《こえ》で言《い》った。

「それより、宮本《みやもと》に謝《あやま》れよ。罪着《つみき》せて悪《わる》かったって」

「でも、あたしホントにやってない！　あたしはっ………」

「いくら言《い》っても、もうあんたの言《い》うことなんて、信《しん》じられないわ」

日菜子《ひなこ》の胸《むな》ぐらをつかんでいた手《て》を離《はな》しながら、澄乃《すみの》は吐《は》き捨《す》てるように言《い》った。

「あんた、嘘《うそ》つきだから」

嘘《うそ》つきだから。

重《おも》い空気《くうき》に包《つつ》まれた教室《きょうしつ》に、授業開始《じゅぎょうかいし》のチャイムが鳴《な》り響《ひび》く。

クラス中《じゅう》が授業準備《じゅぎょうじゅんび》に取《と》りかかり、いつもの空気《くうき》に変《か》わっていくが、日菜子《ひなこ》だけはその中《なか》に入《はい》れない。

自分《じぶん》の居場所《いばしょ》が、今《いま》までと違《ちが》ってきている。肌感覚《はだかんかく》でそれは伝《つた》わり、日菜子《ひなこ》は目《め》の前《まえ》が真《ま》っ暗《くら》になるような感《かん》じがした。

四

あれから一週間《いっしゅうかん》経《た》った。

「日菜子《ひなこ》、朝食《ちょうしょく》は？」

テーブルを通《とお》り過《す》ぎようとする日菜子《ひなこ》に、母《はは》が声《こえ》を掛《か》けた。ダイニングを通《とお》らないと玄《げん》関《かん》に行《い》けない家《いえ》の作《つく》りを少《すこ》し恨《うら》む。

「いらない。急《いそ》ぐから」

「どうしたの、何《なに》かあった？」

玄関《げんかん》に急《いそ》ごうとする日菜子《ひなこ》の背中《せなか》を母《はは》は追《お》いかけた。

「最近《さいきん》、あまり食欲《しょくよく》ないじゃない。学校《がっこう》で何《なに》かあった？　お友《とも》だちと、ケンカでもしたの？」

うるさいな……日菜子《ひなこ》は心《こころ》の中《なか》で舌打《したう》ちした。しかし顔《かお》に気持《きも》ちが出《で》てしまっていたのだろうか、母《はは》はしつこく言《い》いつのった。

「何《なに》があったの？　新《あたら》しいお友《とも》だちと、上手《うま》くいってないの？」

「そんなことないよ」

「でも、いつもと違《ちが》うじゃない。お母《かあ》さんにはわかるのよ。ちゃんと話《はな》して。お母《かあ》さん、心配《しんぱい》なのよ」

「なんでもないって」

「大丈夫《だいじょうぶ》なの？」

「行《い》ってきます」

日菜子《ひなこ》は母《はは》の声《こえ》を振《ふ》り切《き》るように、ドアを閉《し》めた。

心配《しんぱい》、心配《しんぱい》ってうるさいな。ホントにその心配《しんぱい》は私《わたし》のため？　自分《じぶん》が心配《しんぱい》をしたくないためのの心配《しんぱい》じゃないの？　あれ……おかしいな、いつもはこんなこと思《おも》ったりしないのに。

でもこれ以上《いじょう》、母《はは》と平静《へいせい》な気持《きも》ちで話《はな》していられる自信《じしん》が無《な》かった。大丈夫《だいじょうぶ》かなんて、自分《じぶん》が誰《だれ》かに教《おし》えてほしいくらいだ。

あたしは……大丈夫《だいじょうぶ》なんだろうか。

「おはよー、日菜子《ひなこ》！」

昇降口《しょうこうぐち》でローファーを下足箱《げそくばこ》に入《い》れた時《とき》、背中《せなか》にドシッと重《おも》みを感《かん》じた。

ああ……。胸《むね》がギュウっと縮《ちぢ》むのを感《かん》じながら振《ふ》り返《かえ》ると、澄乃《すみの》の笑顔《えがお》が目《め》に入《はい》った。

日菜子《ひなこ》の背中《せなか》に、自分《じぶん》のスクールバッグを載《の》せている。

「何《なに》、その顔《かお》？」

無意識《むいしき》に頬《ほお》が強張《こわば》っていた。日菜子《ひなこ》は慌《あわ》てて両頬《りょうほお》を上《あ》げ、笑顔《えがお》を作《つく》った。

「お、おはよう」

「おはよ、澄乃《すみの》！」

澄乃《すみの》の後《うし》ろから、真美《まみ》と麻耶《まや》、文乃《ふみの》、そして公佳《きみか》がやってきた。みんな笑顔《えがお》を浮《う》かべながら、

「おはよ、日菜子《ひなこ》」

「……おはよう……」

みんな澄乃《すみの》にならい、ドン、ドン、と、自分《じぶん》のスクールバッグを日菜子《ひなこ》の背中《せなか》に載《の》せた。

「さ、行《い》こう！」

手《て》ぶらになった澄乃達《すみのたち》は軽《かろ》やかに廊下《ろうか》を走《はし》って行《い》った。その後《あと》を、みんなのバッグを抱《かか》えた日菜子《ひなこ》がついて行《い》く。教科書《きょうかしょ》や辞書《じしょ》が入《はい》り、ひとつ何《なん》キロもあるようなバッグを、みんなの分《ぶん》、そして自分《じぶん》ので、合《あ》わせて六個《ろっこ》だ。重《おも》くて足元《あしもと》がふらつく。教室《きょうしつ》のある二階《にかい》へ向《む》かうのも、転《ころ》げ落《お》ちない様《よう》に一段一段《いちだんいちだん》踏《ふ》みしめながら昇《のぼ》っていく。そんな日菜子《ひなこ》を、澄乃達《すみのたち》はさもおかしそうに笑《わら》いながら見《み》ている。

「がーんばれ、日菜子《ひなこ》！」

「澄乃《すみの》、よくあの子《こ》と今《いま》でも仲良《なかよ》く出来《でき》るよね」

クラスの女子《じょし》が、眉《まゆ》をひそめて日菜子《ひなこ》を見《み》ながら澄乃《すみの》に言《い》った。

「日菜子《ひなこ》、穂波《ほなみ》だけじゃなく、澄乃《すみの》にまで万引《まんび》きの罪《つみ》なすりつけようとしてたのに」

「ああ……。だって、日菜子《ひなこ》かわいそうじゃん？　転校《てんこう》してきたばっかで、他《ほか》に友《とも》だちいないからさ。そりゃ腹《はら》も立《た》ったけど、あたしが我慢《がまん》すればクラスが上手《うま》く回《まわ》るならさ。まあ、いいかなって」

「澄乃《すみの》ったら……。人《ひと》が好《よ》すぎるよ」

澄乃《すみの》の笑顔《えがお》に、クラスの女子《じょし》はあきれたように苦笑《くしょう》した。そんな彼女《かのじょ》たちの足元《あしもと》に、ようやく日菜子《ひなこ》がたどり着《つ》く。腕《うで》がしびれるように痛《いた》み、日菜子《ひなこ》は座《すわ》り込《こ》んでバッグを床《ゆか》に置《お》いた。

「サンキュ、日菜子《ひなこ》！」

澄乃《すみの》は自分《じぶん》のバッグを手《て》にすると、日菜子《ひなこ》のバッグを踏《ふ》みつけて教室《きょうしつ》へと入《はい》って行《い》った。続《つづ》いて真美《まみ》、麻耶《まや》、文乃《ふみの》、公佳《きみか》も、自分《じぶん》のバッグを手《て》に日菜子《ひなこ》のバッグを踏《ふ》みつけて行《い》く。

「日菜子《ひなこ》、お先《さき》！」と、楽《たの》しそうに笑《わら》いながら。

澄乃《すみの》たちの日菜子《ひなこ》に掛《か》ける言葉《ことば》は、前《まえ》と全《まった》く変《か》わらない。明《あか》るく、親《した》し気《げ》だ。だから、クラスメート達《たち》には、関係《かんけい》が何《なに》も変《か》わっていない様《よう》に見《み》えるのだろうか。

いやもしかしたら、実際《じっさい》は気《き》づかないふりをしているだけなのかもしれない。むしろこの状況《じょうきょう》を楽《たの》しむように観察《かんさつ》しているかのようにすら思《おも》えてくる。

日菜子《ひなこ》は、みんなの足跡《あしあと》のついた自分《じぶん》のバッグを見《み》て、たとえようもなく悲《かな》しい気持《きも》ちになった。

ずっと、恐《おそ》れていた。ずっと気《き》を遣《つか》い、色《いろ》んなことを我慢《がまん》し、自分《じぶん》を押《お》し殺《ころ》してきた。自分《じぶん》の全《すべ》てを、こうならないために尽《つ》くしてきたのだ。それなのに。

ついに澄乃《すみの》のいじめのターゲットに、自分《じぶん》がなってしまった。

今《いま》まで自分《じぶん》がいた澄乃《すみの》の隣《となり》の位置《いち》は、完全《かんぜん》に公佳《きみか》が復活《ふっかつ》している。澄乃《すみの》の地位《ちい》が危《あぶ》ないと感《かん》じたらすぐ裏切《うらぎ》ろうとした公佳《きみか》。今《いま》はそんな片鱗《へんりん》も見《み》せず、日菜子《ひなこ》のいた場所《ばしょ》で楽《たの》しそうに澄乃《すみの》と笑《わら》い合《あ》っている。澄乃《すみの》も公佳《きみか》のポカなどすっかり水《みず》に流《なが》したように親《した》しく接《せっ》している。

結局《けっきょく》、誰《だれ》でもいいのだ。澄乃《すみの》にとって、周《まわ》りにいる人間《にんげん》は。そして公佳《きみか》にとって、自分《じぶん》を受《う》け入《い》れてくれる人間《にんげん》は。一人《ひとり》にさえならなければ、誰《だれ》でも構《かま》わないのだ。みんなが一人《ひとり》にならないために、除外《じょがい》された一人《ひとり》。価値《かち》が無《な》くなったことに価値《かち》がある。それが、今《いま》の日菜子《ひなこ》なのだ。

「ねえ、日菜子《ひなこ》～」

自分《じぶん》の席《せき》に着《つ》くと、澄乃《すみの》が前《まえ》から猫《ねこ》なで声《ごえ》で話《はな》しかけてきた。今度《こんど》は何《なに》をさせられるのか……ビクビクした気持《きも》ちを押《お》し隠《かく》しながら、日菜子《ひなこ》は笑顔《えがお》で返事《へんじ》をした。

「何《なに》？」

「数学《すうがく》の宿題《しゅくだい》、やった～？　やってあんなら、見《み》せてくれる～？」

「うん、いいよ」

大《たい》した用件《ようけん》ではなかったことに内心《ないしん》ホッとし、日菜子《ひなこ》は澄乃《すみの》にノートを渡《わた》した。

そして数学《すうがく》の時間《じかん》が始《はじ》まった。数学教師《すうがくきょうし》の神野先生《じんのせんせい》から「宿題《しゅくだい》の答《こた》えを、黒板《こくばん》に書《か》きなさい」と、男子二人《だんしふたり》と共《とも》に日菜子《ひなこ》がさされた。ノートを持《も》って黒板《こくばん》まで行《い》き、答《こた》えをノートから写《うつ》そうとした時《とき》、日菜子《ひなこ》は心臓《しんぞう》が止《と》まりそうになった。

ノートの宿題《しゅくだい》の部分《ぶぶん》はすっかり消《け》されていた。代《か》わりにノートには、マンガのコピーがたくさん貼《は》り付《つ》けられていた。

「……なんだ、高階《たかしな》。おまえ授業中《じゅぎょうちゅう》にこんなにまでしてマンガ読《よ》みたいのか？　数学《すうがく》バカにしてるのか」

後《うし》ろから日菜子《ひなこ》のノートを覗《のぞ》き込《こ》んだ神野先生《じんのせんせい》の顔色《かおいろ》が、見《み》る見《み》る変《か》わった。日菜子《ひなこ》は慌《あわ》ててノートを閉《と》じた。

「ち、違《ちが》います！　これ、あたしがやったんじゃありません！　これは………」

日菜子《ひなこ》はとっさに澄乃《すみの》を見《み》た。澄乃《すみの》が、やったのだ。ノートを貸《か》した時《とき》に。ひどい……！　日菜子《ひなこ》の視線《しせん》を受《う》けた澄乃《すみの》は、すっと目《め》を閉《と》じ、席《せき》から立《た》ち上《あ》がった。そして静《しず》かに言《い》った。

「あたしが、やりました」

えっ、と、日菜子《ひなこ》は目《め》を見開《みひら》いた。まさか、澄乃《すみの》が自分《じぶん》のしたことを認《みと》めるなんて……？

教室中《きょうしつじゅう》が驚《おどろ》き、さまざまな声《こえ》が行《ゆ》き交《か》った。

すると、そのざわめきをかき消《け》すように、公佳《きみか》が大声《おおごえ》で叫《さけ》ぶように言《い》った。

「先生《せんせい》、騙《だま》されないで。日《ひ》菜《な》子《こ》、嘘《うそ》つくから」

「何《なに》？」

「澄乃《すみの》、日菜子《ひなこ》庇《かば》って悪者《わるもの》になることなんてないよ」

「日菜子《ひなこ》、また嘘《うそ》つく気《き》？」

口々《くちぐち》に澄乃《すみの》を庇《かば》う、そして日菜子《ひなこ》を責《せ》める声《こえ》が、教室中《きょうしつじゅう》からあがる。

日菜子《ひなこ》は言葉《ことば》が出《で》なかった。違《ちが》うのに。あたしじゃないのに。言《い》いたいことはたくさんある。でも、みんなが信《しん》じてくれる言葉《ことば》が何《なん》なのか、わからない。日菜子《ひなこ》は、ただ首《くび》を横《よこ》に振《ふ》ることしか出来《でき》ない。そんな日菜子《ひなこ》の肩《かた》を神野先生《じんのせんせい》が叩《たた》いた。

「もう、いい。席《せき》に戻《もど》れ。津田《つだ》、高階《たかしな》の代《か》わりに、問三《といさん》の証明《しょうめい》を黒板《こくばん》に書《か》きなさい」

「はい」

指名《しめい》された津田美菜子《つだみなこ》は、ノートを持《も》って黒板《こくばん》に歩《あゆ》み寄《よ》ってきた。特《とく》に澄乃《すみの》と親《した》しいという訳《わけ》でもない、別《べつ》のグループの女子《じょし》だ。しかし美菜子《みなこ》は教壇《きょうだん》に上《あ》がりチョークを手《て》にすると、日菜子《ひなこ》をどかすように肩《かた》を強《つよ》く押《お》した。

「あっ」

日菜子《ひなこ》がよろけ、教壇《きょうだん》から足《あし》を踏《ふ》み外《はず》して転《ころ》がるように落《お》ちた。それを、美菜子《みなこ》は冷《つめ》たい目《め》で見《み》ると、何《なに》も言《い》わずに黒板《こくばん》に自分《じぶん》の解答《かいとう》を書《か》き始《はじ》めた。

「大丈夫《だいじょうぶ》か？」

神野先生《じんのせんせい》はひと言《こと》だけ聞《き》いてくれたが、日菜子《ひなこ》はそれには答《こた》えず、ノロノロ立《た》ち上《あ》がり自分《じぶん》の席《せき》に戻《もど》った。美菜子《みなこ》だけではない。クラス中《じゅう》の視線《しせん》が冷《つめ》たく、痛《いた》い。席《せき》に座《すわ》ると、ひっそりと澄乃《すみの》が話《はな》しかけてきた。

「マンガ、面白《おもしろ》かったでしょ？」

日菜子《ひなこ》は、小《ちい》さくうなずいた。泣《な》きたかった。でも、涙《なみだ》が出《で》なかった。

その日《ひ》、学校《がっこう》から帰《かえ》ると日菜子《ひなこ》は母《はは》の顔《かお》を見《み》ないように部屋《へや》に駆《か》け込《こ》んだ。

「日菜子《ひなこ》、ちょっと開《あ》けて」

鍵《かぎ》のかかった日菜子《ひなこ》の部屋《へや》を、母《はは》がノックする。日菜子《ひなこ》は手《て》にしていたものを慌《あわ》ててベッドの下《した》に隠《かく》し、いつもの声《こえ》を出《だ》せるように声《こえ》を張《は》り上《あ》げて言《い》った。

「え、何《なに》?」

「開《あ》けて、ドア」

母《はは》の用件《ようけん》は察《さっ》しがつく。ドアを開《あ》けないと、母《はは》は不安《ふあん》を大《おお》きくして騒《さわ》ぎ出《だ》すだろう。日《ひ》菜子《なこ》は覚悟《かくご》を決《き》めたように大《おお》きく息《いき》をつくと、部屋《へや》のドアを開《あ》けた。出来《でき》るだけ元気《げんき》な笑《え》顔《がお》を作《つく》る。

「何《なに》?」

「今先生《いませんせい》から電話《でんわ》があったんだけど。家庭科《かていか》の課題《かだい》、パジャマ作《つく》るの、あなただけ提出《ていしゅつ》してないって。期限《きげん》から一週間《いっしゅうかん》も経《た》ってるんですって? 他《ほか》にも、提出物《ていしゅつぶつ》が出《で》てない物《もの》も多《おお》いって……どうしたの?」

母《はは》の表情《ひょうじょう》が心配《しんぱい》そうに曇《くも》っている。日菜子《ひなこ》が苦手《にがて》な顔《かお》だ。母《はは》はいつも日菜子《ひなこ》のことで心《しん》配《ぱい》している。日菜子《ひなこ》に対《たい》しての不安《ふあん》で、押《お》しつぶされそうになっている。そんな母《はは》の不安《ふあん》で、日菜子《ひなこ》も押《お》しつぶされそうになる。押《お》しつぶされないために、日菜子《ひなこ》は笑《わら》ってみせた。

「大丈夫《だいじょうぶ》だよ」

「でも、あなた家庭科得意《かていかとくい》なのに。どうしたの？　何《なに》かあったんじゃないの？」

日菜子《ひなこ》は笑顔《えがお》がゆがみそうになるのを感《かん》じた。大丈夫《だいじょうぶ》って、言《い》ってるじゃん。もうこれ以上聞《いじょうき》かないでよ。心《こころ》の底《そこ》のいら立《だ》ちを必死《ひっし》で押《お》さえ込《こ》む。

「何《なに》もないよ。友《とも》だちが家庭科苦手《かていかにがて》でね、それ手伝《てつだ》ってたら、自分《じぶん》の作《つく》るのが遅《おそ》くなっちゃっただけ。提出物《ていしゅつぶつ》が遅《おそ》いのも、最近学校《さいきんがっこう》に慣《な》れてきちゃって、ちょっと気《き》が抜《ぬ》けちゃっただけ。これから、気《き》を付《つ》けるよ」

「そう？　なら、良《よ》かった」

友《とも》だちを手伝《てつだ》ってる、というところで、母《はは》は安心《あんしん》したようだ。

「お友《とも》だちと仲良《なかよ》くするのもいいけど、やることはちゃんとやらないとね。だらしないと、お友《とも》だち離《はな》れて行《い》っちゃうわよ」

「うん。じゃ、あたし宿題《しゅくだい》してるから」

「ちゃんとやってね」

母《はは》は笑《わら》って言《い》うと、ドアを閉《し》めた。リビングに戻《もど》った母《はは》がテレビをつけた音《おと》を聞《き》き、日《ひ》菜《な》子《こ》はため息《いき》をついた。もう一度《いちど》鍵《かぎ》をかけ直《なお》し、ベッドの下《した》に押《お》し込《こ》んだ物《もの》を取《と》り出《だ》した。

ズタズタに切《き》り裂《さ》かれた、家庭《かてい》科《か》の課題《かだい》のパジャマの残骸《ざんがい》。

日菜子《ひなこ》は虚《うつ》ろな瞳《ひとみ》でそれを見《み》つめた。

澄乃《すみの》の姿《すがた》が頭《あたま》の奥《おく》によみがえる。真美《まみ》、麻耶《まや》、文乃《ふみの》、公佳《きみか》の姿《すがた》も。裁《た》ちばさみで日菜子《ひなこ》のパジャマを切《き》り刻《ざ》んでいく、みんなの姿《すがた》。笑《わら》いながら。小《ち》さい子《こ》が水遊《みずあそ》びをするように、きゃあきゃあと騒《さわ》ぎながら、それはそれは楽《たの》しそうに。

日菜子《ひなこ》が、みんなの分《ぶん》のパジャマを縫《ぬ》い終《お》えた後《あと》のことだった。

『はい、日菜子《ひなこ》』

上機嫌《じょうきげん》に澄乃《すみの》が日菜子《ひなこ》に手渡《てわた》した。日菜子《ひなこ》のパジャマだったものは、もう原形《げんけい》をとどめていなかった。

『あたし達《たち》、パジャマ提出《ていしゅつ》しに行《い》くから。日菜子《ひなこ》も一緒《いっしょ》に行《い》こう？　パジャマ期限内《きげんない》に出《で》来《き》ませんでしたって、謝《あやま》らなきゃでしょ』

日菜子《ひなこ》は、澄乃《すみの》の言《い》う通《とお》りにした。職員室《しょくいんしつ》の家庭科教師《かていかきょうし》のところに行《い》き、日菜子《ひなこ》の作《つく》ったパジャマを澄乃達《すみのたち》が提出《ていしゅつ》した後《あと》で、日菜子《ひなこ》は『できませんでした』と頭《あたま》を下《さ》げた。課題《かだい》の期限《きげん》を守《まも》らない生徒《せいと》に、教師《きょうし》は冷《つめ》たい。『いつなら出《だ》せるの？』と睨《にら》みながら言《い》う家庭《かてい》科教師《かきょうし》に、日菜子《ひなこ》は答《こた》えられなかった。もうパジャマの生地《きじ》は残《のこ》っていない。新《あたら》しい生地《きじ》を買《か》うにも、母《はは》にどう説明《せつめい》すればいいのか、分《わ》からない。そんな日菜子《ひなこ》を見《み》て、家庭科教《かていかきょう》師《し》は日菜子《ひなこ》を無視《むし》するように、視線《しせん》を澄乃達《すみのたち》に向《む》けた。

『きれいに出来《でき》てるわね。良《よ》く出来《でき》ました』

澄乃達《すみのたち》を見《み》る目《め》は優《やさ》しく、澄乃達《すみのたち》は照《て》れるように笑《わら》った。

『あたし達《たち》、今度《こんど》は日菜子《ひなこ》を手伝《てつだ》いまーす』

良《よ》い友《とも》だちね、と、家庭科教師《かていかきょうし》は言《い》った。

その良《よ》い友《とも》だちは、日菜子《ひなこ》の提出物《ていしゅつぶつ》を全《すべ》て破《やぶ》り捨《す》てた。「やめて」と言《い》う日菜子《ひなこ》を押《お》さえつけ、時《とき》には殴《なぐ》ったり、蹴《け》ったりして、反抗出来《はんこうでき》ない様《よう》にして。

澄乃達《すみのたち》の笑《わら》い顔《がお》を消《け》し去《さ》るように、日菜子《ひなこ》はギュッと目《め》を閉《と》じた。

大丈夫《だいじょうぶ》？

母《はは》の声《こえ》が耳《みみ》の奥《おく》で繰《く》り返《かえ》す。

うん。日菜子《ひなこ》は思《おも》う。だって、澄乃《すみの》はいつでも楽《たの》しそうに笑《わら》っているから。日菜子《ひなこ》が嫌《いや》がるほど。日菜子《ひなこ》が、悲《かな》しい顔《かお》をするほど。

澄乃《すみの》は親友《しんゆう》で、あたし達《たち》は仲良《なかよ》しグループで、あたしはいじられる役目《やくめ》、そういうこと。

それだけのこと、なんだ。

大丈夫《だいじょうぶ》って思《おも》わなきゃいけない。こんなの大丈夫《だいじょうぶ》。大丈夫《だいじょうぶ》って……。

日菜子《ひなこ》はパジャマの残骸《ざんがい》を丸《まる》め、顔《かお》を押《お》し付《つ》けた。そしてベッドに身《み》を投《な》げ出《だ》し、大声《おおごえ》で叫《さけ》んだ。

「うわーっ！」

パジャマの残骸《ざんがい》とベッドのマットレスが、日菜子《ひなこ》の叫《さけ》びを吸《す》い込《こ》む。リビングからは、情報番組《じょうほうばんぐみ》の司会者《しかいしゃ》がギャグを交《まじ》えながら話《はな》し、母《はは》が笑《わら》う声《こえ》が聞《き》こえてくる。日菜子《ひなこ》は母《はは》の笑《わら》い声《ごえ》の中《なか》、何度《なんど》も何度《なんど》も、声《こえ》の無《な》い叫《さけ》び声《ごえ》をあげた。

昇降口《しょうこうぐち》で、日菜子《ひなこ》は途方《とほう》にくれた。

呆然《ぼうぜん》と立《た》ち尽《つ》くす日菜子《ひなこ》の周《まわ》りでは、どんどんと他《ほか》の生徒達《せいとたち》が「おはよー」と挨拶《あいさつ》を交《か》わしながら靴《くつ》を履《は》きかえ、教室《きょうしつ》に向《む》かう。しかし、日菜子《ひなこ》の下足箱《げそくばこ》の中《なか》には、履《は》きかえるべき上履《うわば》きが無《な》くなっていた。

また、やられた……。日菜子《ひなこ》は重《おも》いため息《いき》をつき、昇降口《しょうこうぐち》にある掃除用具入《そうじようぐい》れやゴミ箱《ばこ》を探《さが》すが、上履《うわば》きは見当《みあ》たらない。

どこ……？　他《ほか》の生徒《せいと》の棚《たな》も探《さが》している時《とき》、「ひーなこ！」と、ウキウキした声《こえ》が耳《みみ》に入《はい》った。

振《ふ》り返《かえ》ると、澄乃達《すみのたち》が日菜子《ひなこ》の上履《うわば》きを手《て》に立《た》っていた。

「ひょっとして、これ探《さが》してるの？」

日菜子《ひなこ》の目《め》の前《まえ》で上履《うわば》きをブラブラさせながら、澄乃《すみの》が笑《わら》う。上履《うわば》きを無《な》くして日菜子《ひなこ》が困《こま》るのが、澄乃《すみの》は楽《たの》しいのだ。その気持《きも》ちに合《あ》わせなくては、また何《なに》かされる。ここは、困《こま》る方《ほう》がいい？　それとも、一緒《いっしょ》に笑《わら》う方《ほう》がいい？　どうしたら澄乃《すみの》の機嫌《きげん》を損《そこ》なわないで上履《うわば》きを返《かえ》してもらえるか考《かんが》えあぐねていると、澄乃《すみの》は「ああ、いらないんだ」と言《い》って、踵《きびす》を返《かえ》した。

「待《ま》って、いる！　返《かえ》して！」

日菜子《ひなこ》の言葉《ことば》を無視《むし》して、澄乃達《すみのたち》は廊下《ろうか》をどんどんと歩《ある》いて行《い》く。日菜子《ひなこ》はローファーを下足箱《げそくばこ》に入《い》れ、ソックスのまま澄乃達《すみのたち》を追《お》いかけた。「玲《レイ》クンの新曲《しんきょく》、いいよね〜」と、鼻歌《はなうた》を歌《うた》いながら澄乃《すみの》たちが入《はい》って行《い》ったのは、女子《じょし》トイレだった。

「いらないんなら、これ流《なが》しちゃおうか？」

澄乃《すみの》が日菜子《ひなこ》の上履《うわば》きをトイレの中《なか》に入《い》れようとする。

「やだ、やめて！」

日菜子《ひなこ》は本気《ほんき》で慌《あわ》てた。澄乃《すみの》の手《て》から上履《うわば》きを取《と》ろうとするが、それを真美《まみ》と麻耶《まや》から押《お》さえつけられた。

「いるの、これ？」

「いる！　返《かえ》して。お願《ねが》い、返《かえ》してください！」

日菜子《ひなこ》は頭《あたま》を下《さ》げて頼《たの》んだ。上履《うわば》きをトイレになど入《い》れられたら、お母《かあ》さんになんと説《せつ》明《めい》すればいいのか。いじめ以外《いがい》、何物《なにもの》でもないこの行為《こうい》を。

「やめて、本当《ほんとう》に！　なんでもするから！」

「マジ？」

必死《ひっし》の日菜子《ひなこ》の言葉《ことば》に、澄乃《すみの》の目《め》が嬉《うれ》しそうに輝《かがや》いた。

「そうだなあ……。じゃあね、トイレ掃除《そうじ》しな」

「トイレ掃除《そうじ》……？」

日菜子《ひなこ》が聞《き》き返《かえ》す。そんな日菜子《ひなこ》を面白《おもしろ》そうに見《み》ながら、澄乃《すみの》は公佳《きみか》に向《む》かい、トイレの掃除用具《そうじようぐ》入《い》れの方《ほう》を顎《あご》でしゃくって見《み》せた。公佳《きみか》がそれに応《こた》え、掃除用具《そうじようぐ》入《い》れからバケツと雑巾《ぞうきん》を持《も》ってくる。それを、日菜子《ひなこ》の前《まえ》に、がしゃんと置《お》いた。

「ほら、しっかり便器《べんき》を綺麗《きれい》に磨《みが》き上《あ》げなよ」

「トイレ掃除《そうじ》をすると、美人《びじん》になるんだよ。日菜子《ひなこ》、良《よ》かったじゃん」

声《こえ》に意地悪《いじわる》さをにじませながら、澄乃達《すみのたち》は言《い》った。

トイレ掃除《そうじ》なんて、みんなが一番嫌《いちばんいや》がる掃除《そうじ》の場所《ばしょ》だ。

しかし今《いま》の日菜子《ひなこ》にとっては、トイレ掃除《そうじ》くらいでいじめがすむのなら、御《おん》の字《じ》だった。

日菜子《ひなこ》はバケツに水《みず》を入《い》れ、雑巾《ぞうきん》を絞《しぼ》ると、丁寧《ていねい》に便器《べんき》を磨《みが》き出《だ》した。

「全部《ぜんぶ》の個室《こしつ》の便器《べんき》だよ」

「ハイ」

「床《ゆか》も、きれいに磨《みが》くんだよ」

「ハイ」

澄乃達《すみのたち》の命令《めいれい》に答《こた》えながら、日菜子《ひなこ》は丁寧《ていねい》に丁寧《ていねい》に、便器《べんき》を、床《ゆか》を磨《みが》き上《あ》げた。

ずっとしゃがみ、床《ゆか》に這《は》いつくばるので、腰《こし》が痛《いた》い。いつもなら四《し》、五人《ごにん》でやるトイレ掃除《そうじ》、しかもひとつひとつ雑巾《ぞうきん》で拭《ふ》くことなんてしない。なのに今《いま》、日菜子《ひなこ》は一人《ひとり》でやっているのだ。

それでも、これが終《お》われば、上履《うわば》きは返《かえ》してもらえる。

日菜子《ひなこ》は一生懸命《いっしょうけんめい》こなし、やっと最後《さいご》のひと拭《ふ》きを終《お》えた。

個室八個《こしつはちこ》と、床全部《ゆかぜんぶ》を磨《みが》き上《あ》げ、雑巾《ぞうきん》をバケツで洗《あら》って絞《しぼ》り上《あ》げた。

「終《お》わりました」

ホッと口《くち》を突《つ》いて出《で》たため息《いき》は、トイレ掃除《そうじ》を一人《ひとり》でやった疲《つか》れと、達成感《たっせいかん》、そして上《うわ》履《ば》きを返《かえ》してもらえるという安堵感《あんどかん》が含《ふく》まれていた。

やれやれと、バケツの水《みず》を流《なが》しに捨《す》てに行《い》こうとした時《とき》、

「何《なに》やってんの？　だめじゃん、捨《す》てちゃ」

澄乃《すみの》が日菜子《ひなこ》の腕《うで》をつかんだ。

「え？」

「飲《の》まなくちゃ、それ」

日菜子《ひなこ》には、澄乃《すみの》の言《い》っている意味《いみ》が、分《わ》からなかった。

このバケツの水《みず》は、トイレの便器《べんき》を、床《ゆか》を、磨《みが》き上《あ》げた雑巾《ぞうきん》を洗《あら》った水《みず》だ。黒《くろ》くよどみ、臭《くさ》い匂《にお》いもする、早《はや》く捨《す》ててしまいたい水《みず》を……飲《の》む………？

「……え……？」

澄乃《すみの》の言《い》っている意味《いみ》をやっと理解出来《りかいでき》た日菜子《ひなこ》の顔色《かおいろ》が変《か》わった。それを見《み》た澄乃《すみの》の顔《かお》が、さも嬉《うれ》しそうに輝《かがや》く。

「早《はや》く飲《の》みなよ。そしたら、上履《うわば》き返《かえ》してあげる」

「早《はや》く、早《はや》く」

澄乃《すみの》の周《まわ》りで、公佳達《きみかたち》も笑《わら》いながらはやし立《た》てる。

「それイッキ、イッキ！」

「……無理《むり》………」

日菜子《ひなこ》は小《ちい》さく首《くび》を振《ふ》りながら、声《こえ》を絞《しぼ》り出《だ》すように言《い》った。

出来《でき》るはず、ない。トイレ掃除《そうじ》の汚《よご》れた水《みず》を飲《の》むなんて。トイレは用《よう》を足《た》した後《あと》ですらばい菌《きん》がついたかもしれないから手《て》を洗《あら》うのに、掃除《そうじ》で汚《よご》れた水《みず》を飲《の》んだりしたら、どうなるか……病気《びょうき》になるかもしれない。死《し》んでしまうかも、しれない。

「飲《の》めないよ、無理《むり》だよ」

「そんなこと、言《い》えるの？」

澄乃《すみの》は嬉《うれ》しそうな笑顔《えがお》のまま、手《て》にした日菜子《ひなこ》の上履《うわば》きを高々《たかだか》と上《あ》げて見《み》せた。

ああ……。日菜子《ひなこ》の心《こころ》が、絶望《ぜつぼう》でいっぱいになる。

日菜子《ひなこ》はバケツの水《みず》に目《め》を落《お》とした。これを飲《の》まないと、上履《うわば》きを返《かえ》してもらえない。

そうしたら、上履《うわば》きをトイレに入《い》れられたら、新《あたら》しく買《か》ってもらうためにお母《かあ》さんに話《はな》さないといけない。お母《かあ》さんは心配《しんぱい》する。きっと。何《なに》があったのか、根掘《ねほ》り葉掘《はほ》り聞《き》かれるに違《ちが》いない。お母《かあ》さんに、すごくすごく心配《しんぱい》をかけてしまう。

母《はは》の心配《しんぱい》そうな顔《かお》が、頭《あたま》に浮《う》かぶ。

飲《の》みたくない……。こんなの、イヤだ。飲《の》みたくない。飲《の》みたくない。

でも………。

日菜子《ひなこ》はバケツに口元《くちもと》をつけた。澄乃達《すみのたち》の嬉《うれ》しそうな悲鳴《ひめい》が耳《みみ》に響《ひび》く。ギュッと目《め》をつぶると、口元《くちもと》に汚水《おすい》を流《なが》し込《こ》むように、バケツを斜《なな》めにした。

汚水《おすい》が口《くち》に入《はい》った瞬間《しゅんかん》、グウッと胃《い》の底《そこ》から吐《は》き気《け》が込《こ》み上《あ》げてきた。

げえっと言《い》う声《こえ》ともつかない音《おと》と共《とも》に、日菜子《ひなこ》は汚水《おすい》を吐《は》き戻《もど》した。その拍子《ひょうし》に手《て》からバケツが滑《すべ》り落《お》ち、中《なか》の汚水《おすい》が周《まわ》りに飛《と》び散《ち》った。

「きゃーっ！」

近《ちか》くにいた澄乃達《すみのたち》に汚水《おすい》がほんの少《すこ》しついた。しかし澄乃《すみの》はそれだけで逆上《ぎゃくじょう》した。

「ちょっと、何《なに》すんのよ⁉」

澄乃《すみの》はしゃがみ込《こ》んで胸《むね》と口《くち》を押《お》さえ苦《くる》しそうにえずいている日菜子《ひなこ》を、強《つよ》く蹴《け》りつけた。

こぼれて広《ひろ》がった汚水《おすい》に、日菜子《ひなこ》が倒《たお》れ込《こ》む。そこをさらに澄乃《すみの》が踏《ふ》みつける。

「汚《きたな》いじゃないの！　何《なに》やってんのよ、あんた⁉　濡《ぬ》れたじゃないのよ！　やだ、汚《きたな》い、きったない！」

「何《なに》あたし達《たち》にかけてんのよ⁉」

「あんた、マジムカつく！」

「死《し》ね、バカ！」

澄乃《すみの》だけでなく公佳《きみか》が、真美《まみ》が、文乃《ふみの》が、日菜子《ひなこ》をサッカーボールのように蹴《け》りつける。

痛《いた》い、痛《いた》い……。

「ごめんなさい、ごめんなさい……」

日菜子《ひなこ》が言《い》い続《つづ》ける声《こえ》を、始業《しぎょう》のチャイムがかき消《け》した。

「……これくらいにしといてあげるわ」

吐《は》き捨《す》てるように言《い》うと、澄乃《すみの》は手《て》にしていた日菜子《ひなこ》の上履《うわば》きをトイレの床《ゆか》に広《ひろ》がる汚《お》水《すい》に投《な》げつけ、踏《ふ》みにじった。そして公佳《きみか》たちに振《ふ》り返《かえ》り、笑顔《えがお》を見《み》せた。

「さ、行《い》こう！　授業始《じゅぎょうはじ》まっちゃう」

そうして澄乃達《すみのたち》は、楽《たの》しそうにおしゃべりをしながら、トイレから出《で》て行《い》った。

廊下《ろうか》から聞《き》こえてくる笑《わら》い声《ごえ》が、段々小《だんだんち》さくなっていく。

日菜子《ひなこ》は、ゆっくりと起《お》き上《あ》がった。

あちこち蹴《け》られた体《からだ》が、痛《いた》くて重《おも》い。すぐそばに落《お》ちている上履《うわば》きを手《て》にし、ノロノロと立《た》ち上《あ》がった。上履《うわば》きから、制服《せいふく》のスカートから、ポタポタと汚水《おすい》のしずくが落《お》ちる。

……なんで、こんな目《め》に遭《あ》わなくてはならないのか。

日菜子《ひなこ》は、トイレから出《で》た。廊下《ろうか》に出《で》たが、教室《きょうしつ》には向《む》かわず、足《あし》は昇降口《しょうこうぐち》の方《ほう》を向《む》いた。

もう、いたくない。

こんなところ、もう二度《にど》と来《き》たくない。

下足箱《げそくばこ》に濡《ぬ》れた上履《うわば》きを入《い》れ、校舎《こうしゃ》を出《で》る。

日菜子《ひなこ》はそのまま、学校《がっこう》を後《あと》にした。

見慣《みな》れた商店街《しょうてんがい》に足《あし》を踏《ふ》み入《い》れると、日菜子《ひなこ》は懐《なつ》かしさに包《つつ》まれた。

左手《ひだりて》にあるのは、よく友《とも》だちみんなと買《か》い食《ぐ》いしたたい焼《や》き屋《や》さんだ。もうちょっと先《さき》に行《い》ったら、いつも立《た》ち読《よ》みしていた本屋《ほんや》さん。その隣《となり》にあるのは、お小遣《こづか》いが入《はい》ったら必《かなら》ず行《い》ってた文房具店《ぶんぼうぐてん》……行《い》き慣《な》れたお店《みせ》、見慣《みな》れた景色《けしき》……ここは、かつて日菜子《ひなこ》が毎《まい》日通《にちかよ》っていた、通学路《つうがくろ》だ。この道《みち》を真《ま》っ直《す》ぐ行《い》けば、つい数《すう》か月前《げつまえ》まで日菜子《ひなこ》が通《かよ》っていた中学校《ちゅうがっこう》がある。

カラカラに干《ひ》からびた心《こころ》が潤《うるお》っていく。久々《ひさびさ》に「楽《たの》しい」という気持《きも》ちを、日菜子《ひなこ》は感《かん》じた。

今日《きょう》は母《はは》が外出《がいしゅつ》して、いない。学校《がっこう》からいったん家《いえ》に帰《かえ》り、日菜子《ひなこ》は母《はは》のふりをして、「子供《こども》が具合《ぐあい》が悪《わる》いと言《い》って早退《そうたい》してきたので休《やす》ませます」と学校《がっこう》に連絡《れんらく》を入《い》れた。無断《むだん》で休《やす》んで、母《はは》に学校《がっこう》から連絡《れんらく》が入《はい》ると、全《すべ》てがバレてしまいそうで怖《こわ》かった。そしてありったけのお小遣《こづか》いをかき集《あつ》めると、日菜子《ひなこ》は駅《えき》に向《む》かった。

そして、帰《かえ》って来《き》たのだ。以前《いぜん》住《す》んでいた、この街《まち》に。

歩《ある》きながら思《おも》い出《だ》すのは、楽《たの》しかった思《おも》い出《で》ばかりだ。ここを歩《ある》きながら、日菜子《ひなこ》はいつも笑《わら》っていた。友《とも》だちと一緒《いっしょ》だったから。

もうすぐ前《まえ》にいた中学校《ちゅうがっこう》に着《つ》く。あと数分《すうふん》で下校時刻《げこうじこく》だ。それに合《あ》わせて来《き》た。

凛香《りんか》、祥子《しょうこ》、美玖《みく》に……友《とも》だちに、会《あ》いに来《き》たのだ。

校門《こうもん》に着《つ》くと、ゾロゾロと生徒達《せいとたち》が出《で》てき始《はじ》めていた。下校時刻《げこうじこく》に全員下校《ぜんいんげこう》しないと、その部活《ぶかつ》は活動停止《かつどうていし》になるという規則《きそく》があるため、みんなこぞって出《で》て来《く》るのだ。男子《だんし》は詰襟《つめえり》、女子《じょし》はセーラー服《ふく》という見慣《みな》れた制服《せいふく》が、日菜子《ひなこ》にとって幸《しあわ》せの象徴《しょうちょう》のように見《み》える。日菜子《ひなこ》は胸《むね》が詰《つ》まるのを感《かん》じた。このセーラー服《ふく》を着《き》て過《す》ごした一年《いちねん》と二《に》か月間《げつかん》。その日々《ひび》は、ただただ明《あか》るく、温《あたた》かかった。

流《なが》れ出《で》て来《く》る生徒達《せいとたち》の中《なか》に、見覚《みおぼ》えのある三人《さんにん》の顔《かお》が見《み》えた。凛香《りんか》……祥子《しょうこ》、そして美玖《みく》だ。日菜子《ひなこ》は思《おも》わず、「凛香《りんか》！ 祥子《しょうこ》、美玖《みく》！」と、大声《おおごえ》で呼《よ》んだ。

「……日菜子《ひなこ》……？」

振《ふ》り返《かえ》った凛香《りんか》の目《め》が、日菜子《ひなこ》の姿《すがた》を見《み》つけた途端《とたん》、キラキラと輝《かがや》いた。凛香《りんか》の声《こえ》につられるように振《ふ》り向《む》いた祥子《しょうこ》と美玖《みく》が、嬉《うれ》しそうに声《こえ》をあげた。

「日菜子《ひなこ》!? やだ、マジ!? 本物《ほんもの》!?」

「本物《ほんもの》だよー」

笑顔《えがお》の友《とも》だちに、笑《わら》い返《かえ》す。ああ、そうだ。友《とも》だちって、こうだった。声《こえ》を掛《か》けたら、笑顔《えがお》で振《ふ》り向《む》いてくれる。「大好《だいす》き」って気持《きも》ちがあふれる笑顔《えがお》。いつもいつも、ここでは、あたしはこの笑顔《えがお》に囲《かこ》まれていた。

三人《さんにん》は日菜子《ひなこ》の元《もと》に駆《か》け寄《よ》ると、ぎゅっとその体《からだ》を抱《だ》きしめた。あったかくて、シャンプーの良《よ》い匂《にお》いがする。お揃《そろ》いのシャンプー。みんな好《す》きな匂《にお》いで、お揃《そろ》いにしようってみんなで決《き》めた。

ああ、あたし、戻《もど》れた……………。

嬉《うれ》しくて、胸《むね》が破裂《はれつ》しそうだ。涙《なみだ》があふれそうになる。

「あれ、日菜子《ひなこ》、なんか湿《しめ》ってない？」

日菜子《ひなこ》をハグした凛香《りんか》が、ふと体《からだ》を離《はな》して言《い》った。トイレ掃除《そうじ》の汚水《おすい》で濡《ぬ》れた制服《せいふく》が、まだ乾《かわ》き切《き》っていないのだ。日菜子《ひなこ》はその言葉《ことば》で今《いま》の学校《がっこう》での現実《げんじつ》に引《ひ》き戻《もど》されそうになった。思《おも》わず背筋《せすじ》に悪寒《おかん》が走《はし》る。急《きゅう》に表情《ひょうじょう》が強張《こわば》った日菜子《ひなこ》の顔《かお》を、祥子《しょうこ》が覗《のぞ》き込《こ》む。

「日菜子《ひなこ》？」

日菜子《ひなこ》は慌《あわ》てて笑顔《えがお》を作《つく》り直《なお》した。

「あ、遊《あそ》びに来《き》ちゃった！」

せっかく元《もと》の場所《ばしょ》に戻《もど》れたのに、あんな地獄《じごく》思《おも》い出《だ》したくない。ここが、本当《ほんとう》の自分《じぶん》の居場所《いばしょ》なのだ。

「マジで？　嬉《うれ》しー！」

「あたしたちも、会《あ》いたかったんだよ！」

三人《さんにん》の笑顔《えがお》が、今《いま》まで覆《おお》っていた日菜子《ひなこ》の心《こころ》の闇《やみ》を、どんどん消《け》していく。日菜子《ひなこ》のすべてが、元《もと》に戻《もど》っていく。

「あのさ、これからたい焼《や》き食《た》べに行《い》かない？」

日菜子《ひなこ》はウキウキと言《い》った。

「今《いま》から？」

「うん！　前《まえ》、いつも学校帰《がっこうがえ》りに行《い》ってたじゃない？　それから本屋《ほんや》さんに行《い》ってさ、それから、それから……」

日菜子《ひなこ》の心《こころ》は、もう昔《むかし》に戻《もど》っていた。いつもの学校帰《がっこうがえ》り。部活《ぶかつ》が終《お》わると、お腹《なか》ペコペコだ。速攻《そっこう》でたい焼《や》き屋《や》さんに行《い》ってアツアツのたい焼《や》きをおしゃべりしながら頬張《ほおば》る。それから、出《で》たばかりのファッション誌《し》をみんなで立《た》ち読《よ》みして、今月《こんげつ》の占《うらな》いでキャーキャー騒《さわ》いで、それからそれから………楽《たの》しいことばかりで出来《でき》た、放課後《ほうかご》。

これが、本当《ほんとう》のあたしの世界《せかい》。

「ね!?」

ワクワクしながら日菜子《ひなこ》は三人《さんにん》に笑《わら》いかけた。しかし、ふと気《き》づく。

三人《さんにん》は、困《こま》った顔《かお》で笑《わら》っていた。

「……今日《きょう》これからって……」

「急《きゅう》に、困《こま》るよ」

凛香《りんか》と祥子《しょうこ》が、日菜子《ひなこ》の手《て》を離《はな》しながら低《ひく》く言《い》った。

「あたし達《たち》、実《じつ》はちょっと急《いそ》いで帰《かえ》らなきゃなんだ」

「え……なんで?」

日菜子《ひなこ》の問《と》いに、三人《さんにん》は顔《かお》を見合《みあ》わせた。そして美玖《みく》が気《き》まずそうに、

「……これから、『シーズ』のコンサに行《い》くんだ」

『シーズ』……？」

知《し》らない。

「日菜子《ひなこ》、まだ知《し》らない？　女の子《おんなのこ》バンド。こないだ、みんなで動画《どうが》で観《み》て、はまっちゃって……ね？」

「やっと手《て》に入《い》れたんだよね、チケット」

嬉《うれ》しそうに、三人《さんにん》で笑《わら》う。エッチャンが可愛《かわい》いんだよね。キリの髪型《かみがた》が好《す》きー！　三人《さんにん》は、日菜子《ひなこ》の分《わ》からない話題《わだい》で盛《も》り上《あ》がる。

日菜子《ひなこ》には、三人《さんにん》が日菜子《ひなこ》には通《つう》じない言葉《ことば》でしゃべる、外国人《がいこくじん》のように見《み》えた。

「ごめんね」

「今度《こんど》来《く》る時《とき》はさ、連絡《れんらく》してよ。平日《へいじつ》じゃなく、日曜日《にちようび》とかにさ」

「じゃあ、ね」

三人《さんにん》はそういうと、日菜子《ひなこ》に背中《せなか》を向《む》けて歩《ある》き出《だ》した。

日菜子《ひなこ》はその後《うし》ろ姿《すがた》を、ぼんやりと見《み》つめた。その目《め》が、三人《さんにん》の手首《てくび》を捉《とら》える。そこには、何《なに》も無《な》かった。

日菜子《ひなこ》のあげた、ミサンガ。
日菜子《ひなこ》が三人《さんにん》に巻《ま》いてあげた。
友《とも》だちの証《あかし》だよ。
一生《いっしょう》、大事《だいじ》にするよ。
泣《な》きながら永遠《えいえん》の友情《ゆうじょう》を誓《ちか》った、日菜子《ひなこ》のミサンガ。
……外《はず》したんだ。
日菜子《ひなこ》の心《こころ》に空《あ》いた穴《あな》に、すうっと冷《つめ》たい風《かぜ》が通《とお》った。
そっか。
もう、ここにも……あたしの居場所《いばしょ》は、無《な》くなってたんだ。

五

結局《けっきょく》、自分《じぶん》の居場所《いばしょ》は、ここしかないのか。

翌朝《よくあさ》、学校《がっこう》に向《む》かう日菜子《ひなこ》の心《こころ》は絶望的《ぜつぼうてき》だった。

もう澄乃《すみの》につかまりたくない……。出来《でき》るだけ、澄乃達《すみのたち》とつるむ時間《じかん》を減《へ》らしたくて、日菜子《ひなこ》は始業《しぎょう》ギリギリに登校《とうこう》した。遅刻間際《ちこくまぎわ》で教室《きょうしつ》に走《はし》っていく生徒《せいと》に先《さき》を越《こ》されながら、ノロノロと階段《かいだん》を昇《のぼ》り、教室《きょうしつ》に入《はい》った。

「あー、もう体調治《たいちょうなお》ったのー?!」

日菜子《ひなこ》の姿《すがた》を見《み》た澄乃《すみの》が、嬉《うれ》しそうに声《こえ》を掛《か》けてきた。

「大丈夫《だいじょうぶ》――?　心配《しんぱい》したよー」

信《しん》じられないような優《やさ》しい言葉《ことば》に、日菜子《ひなこ》は驚《おどろ》いた。昨日日菜子《きのうひなこ》が早退《そうたい》したことで、澄《すみ》乃《の》も悪《わる》かったと反省《はんせい》してくれたのか?　少《すこ》しは日菜子《ひなこ》の気持《きも》ちを考《かんが》えてくれるようになったのか?　歩《あゆ》み寄《よ》ってくる澄乃《すみの》に、日菜子《ひなこ》はホッとして小《ちい》さく笑《え》みを見《み》せた。

「……うん。ごめんね、心配《しんぱい》かけて」

「ホントだよ。体調《たいちょう》悪《わる》くて来《こ》なかったから、死《し》んだのかと思《おも》ってさ。ホラ」

澄乃《すみの》に導《みちび》かれ、自分《じぶん》の席《せき》を見《み》て、日菜子《ひなこ》は息《いき》を飲《の》んだ。

日菜子《ひなこ》の机《つくえ》の上《うえ》には、花《はな》が飾《かざ》られていた。そして、周《まわ》りを黒《くろ》く縁取《ふちど》られた紙《かみ》に描《か》かれたのは……

「この遺影《いえい》、あたしが描《か》いたんだよ。マジ、良《よ》く描《か》けてると思《おも》わない？」

澄乃《すみの》は笑《わら》いながら日菜子《ひなこ》の顔《かお》を覗《のぞ》き込《こ》んだ。

「この眉毛《まゆげ》の感《かん》じとかさ。日菜子《ひなこ》の眉毛《まゆげ》、マジありえないほどボサボサじゃん？　大変《たいへん》だったんだよー、おっさんみたいにならないように描《か》くの」

そう言《い》いながら澄乃《すみの》が似顔絵《にがおえ》の遺影《いえい》を日菜子《ひなこ》の顔《かお》の横《よこ》に掲《かか》げ持《も》つ。それを見《み》て、クラス中《じゅう》がドッと沸《わ》いた。

「本物《ほんもの》より美人《びじん》じゃん」

「遺影《いえい》って、たいてい修正加《しゅうせいくわ》えるからね」

「盛大《せいだい》な葬式出《そうしきだ》そうとしてたのに、来《き》ちゃダメじゃん」

死《し》んだことに、なってたのか……、あたしは。

そしてそのことに、みんな笑《わら》ってるのか。

「良《よ》いお葬式出《そうしきだ》してあげたでしょ？　あたし達《たち》に、感謝《かんしゃ》しなさいよね！」

澄乃《すみの》が日菜子《ひなこ》の肩《かた》に手《て》を載《の》せて、にこやかに言《い》った。しかし、日菜子《ひなこ》の肩《かた》が震《ふる》えているのに、澄乃《すみの》は眉《まゆ》をひそめた。

「……何《なに》よ。あんたがかわいそうだからと思《おも》ってせっかくお葬式出《そうしきだ》してやったのに。何《なに》、その顔《かお》」

「あたし達《たち》の優《やさ》しさ、何《なん》だと思《おも》ってんの？」

「サイテー、日菜子《ひなこ》」

真美《まみ》や公佳《きみか》が口々《くちぐち》に日菜子《ひなこ》を罵《ののし》る。日菜子《ひなこ》は強張《こわば》った頬《ほお》を持《も》ち上《あ》げ、小《ちい》さな声《こえ》で「ありがとう」と言《い》った。澄乃《すみの》はそんな日菜子《ひなこ》を見《み》て、ますます不機嫌《ふきげん》な表情《ひょうじょう》になり、

「心《こころ》がこもってない」

日菜子《ひなこ》のすねを、蹴《け》りつけた。ズン、と、骨《ほね》にひびく痛《いた》みが走《はし》る。日菜子《ひなこ》は痛《いた》みに顔《かお》を歪《ゆが》めながらも、無理《むり》やり笑顔《えがお》を作《つく》った。

「あ……ありがとう」

「どういたしまして」

機嫌《きげん》を直《なお》し、澄乃《すみの》はまたみんなに自慢《じまん》の似顔絵《にがおえ》を見《み》せながら、描《か》く上《うえ》での苦労話《くろうばなし》を続《つづ》けた。それを聞《き》きながら、みんなが笑《わら》う。その笑《わら》い声《ごえ》は、刃《やいば》のように、日菜子《ひなこ》の心《こころ》を傷《きず》つけた。突《つ》き刺《さ》さり、切《き》り裂《さ》かれ、日菜子《ひなこ》の心《こころ》はズタズタに血《ち》だらけになっていく。

それでも、日菜子《ひなこ》は笑顔《えがお》を作《つく》り続《つづ》けた。

そうしないと、ここにはいられないから。

日菜子《ひなこ》には、ここしか居場所《いばしょ》がないのだから。


「マジめんどくさーい」

体操服《たいそうふく》から制服《せいふく》へと着替《きが》えをすませ更衣室《こういしつ》を出《で》ると、澄乃《すみの》が悲鳴《ひめい》のような声《こえ》をあげた。公佳《きみか》や真美達《まみたち》いつものメンバーは澄乃《すみの》の歩《ある》くがままに任《まか》せ、教室《きょうしつ》には戻《もど》らず体育館裏《たいいくかんうら》に出《で》た。

今《いま》はクラス別《べつ》の運動会《うんどうかい》の練習《れんしゅう》の後《あと》だ。澄乃《すみの》は運動《うんどう》が苦手《にがて》なのだ。走《はし》るのも遅《おそ》いし、反射《はんしゃ》神経《しんけい》も鈍《にぶ》い。人《ひと》の上《うえ》に立《た》ちたがる澄乃《すみの》にとって運動会《うんどうかい》は苦痛《くつう》でたまらないのだ。

「ホントだよねー」

真美《まみ》が話《はなし》を合《あ》わせる。真美《まみ》はバレー部《ぶ》に所属《しょぞく》しているので、そこそこ運動《うんどう》は出来《でき》るのだが、走《はし》るスピードを遅《おそ》くしたりして、澄乃《すみの》にすごく気《き》を遣《つか》っている。麻耶《まや》や公佳《きみか》もそうだ。日菜子《ひなこ》は自分《じぶん》もそう運動《うんどう》が好《す》きなわけではないが、運動会《うんどうかい》はそれなりに楽《たの》しい。それでも澄乃《すみの》に逆《さか》らわないように、みんなと同《おな》じようにうなずいた。しかしそれに気付《きづ》かない澄乃《すみの》は、友《とも》だちの同意《どうい》に機嫌《きげん》よく笑顔《えがお》を見《み》せた。

「ねー。運動会《うんどうかい》なんて、なきゃいいのに。なくならないかなー、運動会《うんどうかい》」

そう言《い》って、大《おお》げさにため息《いき》をついてみせた。それを見《み》て、公佳《きみか》が手《て》をポンと叩《たた》いて「そう言《い》えばさ」と話《はな》し出《だ》した。

「前《まえ》、なんか学校行事《がっこうぎょうじ》を取《と》りやめさせるためにさ、学校《がっこう》に爆弾仕掛《ばくだんしか》けたって嘘電話掛《うそでんわか》けたって事件《じけん》、あったよね」

「マジで？」

「うん。確《たし》か、それで中止《ちゅうし》になったんじゃないっけ」

「オッケ、それ、いただき！」

嬉《うれ》しそうに澄乃《すみの》が親指《おやゆび》を立《た》てた。

「脅迫電話《きょうはくでんわ》、掛《か》けよう！　運動会《うんどうかい》やめないと、爆弾仕掛《ばくだんしか》けるって」

「マジでー？」

「マジマジ！」

みんなで笑《わら》い合《あ》っていた澄乃《すみの》が、ふっとその視線《しせん》を日菜子《ひなこ》に向《む》けた。日菜子《ひなこ》の背筋《せすじ》が、すうっと冷《つめ》たく凍《こお》る。

と同時《どうじ》に、澄乃《すみの》が上機嫌《じょうきげん》な笑顔《えがお》で言《い》った。

「日菜子《ひなこ》、電話《でんわ》して」

冗談《じょうだん》。どっかの学校《がっこう》で同《おな》じことやった人《ひと》、警察《けいさつ》に捕《つか》まって、それでニュースになったんじゃない。そんなこと、出来《でき》る訳《わけ》ない。日菜子《ひなこ》は大声《おおごえ》で抗議《こうぎ》した。心《こころ》の中《なか》で。しかし表面《ひょうめん》は、困《こま》った顔《かお》で笑《わら》うことしか出来《でき》ない。

「え……いや………」

「何《なに》？　あんた、友《とも》だちの危機《きき》を、ただ見《み》てるつもりなの？」

澄乃《すみの》の声色《こわいろ》が変《か》わり、目《め》の色《いろ》が冷《つめ》たくなる。ああ、怒《おこ》らせた……。日菜子《ひなこ》の心臓《しんぞう》がバクバクと高鳴《たかな》り、思《おも》わずうつむいた。あの目《め》で睨《にら》まれると、緊張《きんちょう》と恐怖《きょうふ》で体《からだ》が強張《こわば》り、動《うご》けなくなるのだ。すると、

「なんとか、返事《へんじ》しろよ！」

澄乃《すみの》が、日菜子《ひなこ》の足《あし》を蹴《け》り上《あ》げた。

「いたっ……」

日菜子《ひなこ》が蹴《け》られたところを押《お》さえると、その背中《せなか》を真美《まみ》が蹴《け》りつけた。

「あんた、こんなに澄乃《すみの》が困《こま》って頼《たの》んでるのに、それでも友《とも》だちなの!?」

「転校《てんこう》したばっかの時《とき》、澄乃《すみの》がグループに入《い》れてくれたんじゃない！　あんたがこのグループにいられるのも、澄乃《すみの》のおかげだっていうの、忘《わす》れたの!?」

「この、恩知《おんし》らず！」

ガツン、ガツンと、日菜子《ひなこ》の足《あし》に、腰《こし》に、蹴《け》りが入《はい》る。痛《いた》みと衝撃《しょうげき》に立《た》っていられなくなった日菜子《ひなこ》がうずくまると、今度《こんど》は肩《かた》や頭《あたま》に攻撃《こうげき》が入《はい》ってきた。

「バカ野郎《やろう》！」

「人間《にんげん》のクズ！」

「あんたなんて死《し》んでもいいんだよ！」

罵倒《ばとう》されながらサッカーボールのように蹴《け》られ続《つづ》ける。痛《いた》い。でもそんな痛《いた》みより、みんなを暴力《ぼうりょく》に駆《か》り立《た》てるものの方《ほう》が、日菜子《ひなこ》には怖《こわ》かった。

それは、怒《いか》りの姿《すがた》をした、狂気《きょうき》。

トイレでの一件《いっけん》以来《いらい》、いつもこうだ。何《なに》か少《すこ》しでも気《き》に入《い》らないとすぐ怒《おこ》り、日菜子《ひなこ》を蹴《け》りつける。

みんな訳《わけ》が分《わ》からなくなっている。きっとこのまま日菜子《ひなこ》を蹴《け》り続《つづ》け、気《き》がすむまで蹴《け》り続《つづ》けるだろう。たとえ日菜子《ひなこ》が死《し》んでいたとしても、気《き》が付《つ》かずに…………。

怖《こわ》い。あたし、死《し》んじゃうかもしれない。

このままじゃ、死《し》んじゃう……死《し》んじゃう…………！

「……わかった……」

痛《いた》みに食《く》いしばる歯《は》の間《あいだ》から、日菜子《ひなこ》はやっと言葉《ことば》を絞《しぼ》り出《だ》した。

「電話《でんわ》……する……」

日中《にっちゅう》は幼稚園《ようちえん》帰《がえ》りの親子《おやこ》連《づ》れや犬《いぬ》の散歩《さんぽ》をしている人《ひと》で賑《にぎ》わっていた公園《こうえん》も、日《ひ》が暮《く》れると人影《ひとかげ》はひとつも無《な》くなっていた。その片隅《かたすみ》にある公衆電話《こうしゅうでんわ》の前《まえ》に、日菜子《ひなこ》は立《た》った。

公衆電話《こうしゅうでんわ》の掛《か》け方《かた》なんて、よく知《し》らない。

「早《はや》くしなよ」

日菜子《ひなこ》の後《うし》ろで澄乃《すみの》がイライラした声《こえ》で急《せ》かす。

「……よく、分《わ》かんないよ……掛《か》け方《かた》……………」

「はあ⁉」

日菜子《ひなこ》の言葉《ことば》に信《しん》じられない、といったように大声《おおごえ》で聞《き》き返《かえ》すと、澄乃《すみの》は膝《ひざ》で日菜子《ひなこ》の腰《こし》を蹴《け》った。

「よく分《わ》かんないじゃないだろ⁉　何《なに》、じゃあ携帯《けいたい》で掛《か》けな！　自分《じぶん》のね‼　それでアシがついてもいいならね！」

それは困《こま》る。だってこれから掛《か》けるのは、脅迫電話《きょうはくでんわ》なのだから。お宅《たく》の学校《がっこう》、運動会《うんどうかい》を中止《ちゅうし》にしないと、爆弾仕掛《ばくだんしか》けますよ。そんなこと自分《じぶん》の携帯《けいたい》から掛《か》けたら、すぐばれてしまう。だから、公衆電話《こうしゅうでんわ》から掛《か》けようという話《はなし》になったのだ。

公衆電話《こうしゅうでんわ》の使《つか》い方《かた》を思《おも》い出《だ》そうとしていると、「グズグズしてんじゃねえよ！」と、今《こん》度《ど》は真美《まみ》から蹴《け》りが入《はい》った。もうあちらこちら蹴《け》られ続《つづ》けて、立《た》っているのもつらい。日《ひ》菜子《なこ》は公衆電話《こうしゅうでんわ》にもたれかかるようにして体中《からだじゅう》の痛《いた》みに耐《た》え、ずっと前《まえ》に母《はは》から教《おし》えてもらった公衆電話《こうしゅうでんわ》の掛《か》け方《かた》を思《おも》い出《だ》そうとした。確《たし》か最初《さいしょ》に受話器《じゅわき》を取《と》って、番号《ばんごう》を押《お》すんだっけ……いや、お金入《かねい》れるの先《さき》だっけ？　モタモタしていると今度《こんど》は頭《あたま》を殴《なぐ》られた。

痛《いた》い……。もう、ぶたないで。蹴《け》らないで。これ以上暴力《いじょうぼうりょく》を振《ふ》るわれるのが、怖《こわ》くてたまらない。日菜子《ひなこ》は暴力《ぼうりょく》を受《う》けないために、必死《ひっし》に公衆電話《こうしゅうでんわ》の使《つか》い方《かた》を思《おも》い出《だ》し、学校《がっこう》の電話番号《でんわばんごう》を押《お》した。

「ハイ、市立第二中学校《いちりつだいにちゅうがっこう》です」

つながった……。やっとつながりはしたが、だからといって安堵《あんど》の気持《きも》ちにはならなかった。

ここからなのだ。

「早《はや》くしなよ」

隣《となり》で、澄乃《すみの》が小声《こごえ》で囁《ささや》いた。日菜子《ひなこ》が息《いき》を飲《の》む。渇《かわ》いた喉《のど》が、くっつきそうになり、痛《いた》い。言葉《ことば》を出《だ》そうとするが、上手《うま》く出《で》ない。

怖《こわ》い。

手《て》が、体中《からだじゅう》が震《ふる》えてくる。

「早《はや》く!」

ドン、と、澄乃《すみの》が日菜子《ひなこ》の後頭部《こうとうぶ》を強《つよ》く叩《たた》いた。言《い》わないと、殺《ころ》される。日菜子《ひなこ》はもう考《かんが》えるのをやめた。かすれながら、声《こえ》を押《お》し出《だ》した。

「……がっこう……」

「はい?」

電話《でんわ》の向《む》こうで、女性《じょせい》の声《こえ》が聞《き》き返《かえ》した。これは誰《だれ》だろうか。先生《せんせい》か、事務《じむ》の職員《しょくいん》さんか。誰《だれ》でもいい。言《い》えばこの拷問《ごうもん》も終《お》わる。どうせばれないのだから。日菜子《ひなこ》は声《こえ》を作《つく》って、低《ひく》く言《い》った。

「学校《がっこう》の運動会《うんどうかい》を、中止《ちゅうし》しろ。そうしないと、爆弾《ばくだん》を仕掛《しか》けるぞ」

「えっ…………」

女性《じょせい》が言葉《ことば》を詰《つ》まらせたのが分《わ》かった。重大《じゅうだい》な事件《じけん》と、気付《きづ》いたのだろう。これで、大丈夫《だいじょうぶ》だ。もう、これで。

日菜子《ひなこ》は自分《じぶん》のしていることから逃《に》げるように、大急《おおいそ》ぎで電話《でんわ》を切《き》ろうとした。

その手《て》を、澄乃《すみの》がつかんだ。受話器《じゅわき》を日菜子《ひなこ》の手《て》から引《ひ》ったくった。

驚《おどろ》いた日菜子《ひなこ》が澄乃《すみの》を見《み》る。澄乃《すみの》は、この上《うえ》なく楽《たの》しそうな顔《かお》をして……でも悲痛《ひつう》な切羽《せっぱ》詰《つ》まった声《こえ》で受話器《じゅわき》に向《む》かって叫《さけ》んだ。

「高階《たかしな》さん！　やめなよ、そんないたずら電話《でんわ》するの！　高階日菜子《たかしなひなこ》ちゃん！」

日菜子《ひなこ》は目《め》を見開《みひら》いた。澄乃《すみの》が日菜子《ひなこ》の持《も》った受話器《じゅわき》をガチャンと戻《もど》した。そして、大声《おおごえ》で笑《わら》い出《だ》した。一緒《いっしょ》に、真美《まみ》と公佳《きみか》、麻耶《まや》も大笑《おおわら》いし出《だ》す。

「やった！」

「明日《あした》、これで大騒《おおさわ》ぎになるよ、学校《がっこう》！」

文字《もじ》通《どお》り爆笑《ばくしょう》の四人《よにん》を見《み》て、日菜子《ひなこ》は呆然《ぼうぜん》としている。今起《いまお》きたことが、信《しん》じられなかった。あの電話《でんわ》は、まだ学校《がっこう》につながっていた。学校《がっこう》に爆弾《ばくだん》を仕掛《しか》けるといった脅迫電話《きょうはくでんわ》。

澄乃《すみの》が掛《か》けろと言《い》った。澄乃《すみの》が運動会《うんどうかい》に出《で》たくないからと、友《とも》だちなら友情《ゆうじょう》を見《み》せろと言《い》って、暴力《ぼうりょく》に物《もの》を言《い》わせて日菜子《ひなこ》に掛《か》けさせた電話《でんわ》だ。身元《みもと》がばれないようにするために、公衆電話《こうしゅうでんわ》にしたのに。

澄乃《すみの》は、大声《おおごえ》で「高階《たかしな》さん」と言《い》った。「高階日菜子《たかしなひなこ》ちゃんと、フルネームまで言《い》った。

……あたし………………？

あたしが、したことになるの…………？

「サイッコー、日菜子《ひなこ》！」

澄乃《すみの》は、笑《わら》い過《す》ぎて出《で》た涙《なみだ》をぬぐっている。

「これからあんた、どうなるんだろうね？　すっごい、楽《たの》しみ！」

「あんたといると、ホント退屈《たいくつ》しないわー。あんたがグループにいて、マジ良《よ》かった」

「あたし……だけ……？」

頭《あたま》が真《ま》っ白《しろ》になり、日菜子《ひなこ》は何《なに》も考《かんが》えられなくなっていた。

「あたし……だって、澄乃《すみの》がやれって……言《い》ったから…………」

「えー？　何《なに》をー？」

澄乃《すみの》は白々《しらじら》しく日菜子《ひなこ》に聞《き》いた。

「あたしが、何《なに》しろって言《い》った？」

「だから、運動会中止《うんどうかいちゅうし》しないと、爆発《ばくはつ》……」

「言《い》ってないよ、あたし。ねえ？」

澄乃《すみの》がみんなの方《ほう》を振《ふ》り返《かえ》ると、みんなも大《おお》きくうなずいた。こんな……こんな大変《たいへん》なこと、自分《じぶん》だけの責任《せきにん》になってしまうのか。そんなの、おかしい。ひどい。ひどすぎる……！　日菜子《ひなこ》は澄乃《すみの》の肩《かた》をつかみ、すがりつくように言《い》った。

「なんで……？　澄乃《すみの》が……みんなが言《い》ったから、あたし……………」

「そう学校《がっこう》でも言《い》ってみな。あんたの言《い》うことなんて誰《だれ》も信《しん》じないけどね」

澄乃《すみの》は日菜子《ひなこ》の言葉《ことば》に動《どう》じることなく、笑顔《えがお》のまま言《い》った。

「だってあんた、嘘《うそ》つきだから」

日菜子《ひなこ》は、その場《ば》に崩《くず》れ落《お》ちるように座《すわ》り込《こ》んだ。その脇《わき》を、澄乃達《すみのたち》が笑《わら》いながら通《とお》り過《す》ぎていく。

「ねえ、マックでジュース飲《の》んでかない？」

「新《あたら》しいの、出《で》たよね！　CM《シーエム》でやってた。あれ、飲《の》みたい！」

日菜子《ひなこ》のことなど忘《わす》れたような、楽《たの》し気《げ》なおしゃべりが耳《みみ》に入《はい》る。しかし、日菜子《ひなこ》の中《なか》には届《とど》かない。ぼんやりと座《すわ》る日菜子《ひなこ》の目《め》には何《なに》も映《うつ》らず、心《こころ》は空《から》っぽだった。目《め》には見《み》えない日菜子《ひなこ》の心《こころ》の奥底《おくそこ》で、ドクドクと血《ち》が流《なが》れ続《つづ》けている。しかし、日菜子《ひなこ》はその痛《いた》みも分《わ》からなかった。何《なに》も考《かんが》えられないまま、ただ冷《つめ》たい公園《こうえん》の地面《じめん》の上《うえ》に、座《すわ》り続《つづ》けていた。

翌日《よくじつ》、日菜子《ひなこ》は学校《がっこう》の正面玄関《しょうめんげんかん》から登校《とうこう》した。正面玄関《しょうめんげんかん》は普段《ふだん》は来客《らいきゃく》しか使用《しよう》できないのだが、母《はは》が一緒《いっしょ》だからだ。紺色《こんいろ》のスーツにいつも合《あ》わせるパールのネックレスもつけず、簡素《かんそ》な恰好《かっこう》の母《はは》の姿《すがた》は、一気《いっき》に年《とし》を取《と》ったように見《み》えた。

昨日《きのう》日菜子《ひなこ》が家《いえ》に帰《かえ》ると、母《はは》が強張《こわば》った表情《ひょうじょう》で日菜子《ひなこ》を出迎《でむか》えた。すでに、学校《がっこう》から脅迫電話《きょうはくでんわ》についての連絡《れんらく》が入《はい》っていたのだ。母《はは》は日菜子《ひなこ》を問《と》い詰《つ》めたが、日菜子《ひなこ》は何《なに》も答《こた》えなかった。

答《こた》えられることなど、何《なに》ひとつない。

母《はは》が校長室《こうちょうしつ》をノックすると、中《なか》から「どうぞ」と低《ひく》い声《こえ》が返《かえ》ってきた。中《なか》には眉根《まゆね》を寄《よ》せて厳《きび》しい顔《かお》をした校長《こうちょう》と教頭《きょうとう》、そして担任《たんにん》の江川先生《えがわせんせい》が揃《そろ》っていた。

転校初日《てんこうしょにち》と同《おな》じ光景《こうけい》だが、あの時《とき》とは違《ちが》う緊張感《きんちょうかん》が張《は》り詰《つ》めている。

母《はは》もあの時《とき》とは正反対《せいはんたい》に、頬《ほお》を強張《こわば》らせたまま浅《あさ》いお辞儀《じぎ》をした。

「どうぞ、おかけ下《くだ》さい」

校長《こうちょう》がソファを勧《すす》めたが、母《はは》はそれに応《おう》じず、ただ暗《くら》い瞳《ひとみ》で校長達《こうちょうたち》を見《み》つめている。

校長《こうちょう》はそんな母《はは》から目《め》を日菜子《ひなこ》に向《む》けた。

「高階《たかしな》さん。昨日《きのう》、学校《がっこう》にいたずら電話《でんわ》を掛《か》けたのは、君《きみ》だね？」

校長《こうちょう》の声《こえ》は穏《おだ》やかだった。でも、もうそんなことは日菜子《ひなこ》にとってはどうでも良《よ》かった。

学校側《がっこうがわ》からどう思《おも》われようと、叱《しか》られようと……こんな、地獄《じごく》でしかない場所《ばしょ》から何《なに》を言《い》われようと。日菜子《ひなこ》は表情《ひょうじょう》の無《な》い目《め》で、小《ちい》さくうなずいた。

「なんで、あんなことをしたのかな？」

校長《こうちょう》が続《つづ》ける。そんなこと聞《き》いて、どうするんだ。脅《おど》されたからって言《い》って、信《しん》じてくれんのか。いじめられて、蹴《け》られて、死《し》にそうな目《め》に遭《あ》わされたからやったって言《い》ったら、助《たす》けてくれんのか。あんた達《たち》にそんなこと出来《でき》んのか。あの悪魔《あくま》を、退治《たいじ》してくれんのか。

出来《でき》ないだろう？

どうせ悪魔《あくま》に言《い》いくるめられて、あたしが悪《わる》いことに、落《お》ち着《つ》くんだろう？

それで今度《こんど》チクったからって、ますますあたしは地獄《じごく》の底《そこ》に追《お》いやられていくんだ。

ここは、学校《がっこう》は、そんな場所《ばしょ》なんだ。

「……学校《がっこう》が、嫌《きら》いだからです」

校長《こうちょう》と江川先生《えがわせんせい》の表情《ひょうじょう》が引《ひ》きつる。

なんで驚《おどろ》くんだよ。大嫌《だいきら》いなんだよ、こんなところ。もう、来《き》たくないんだよ。いたくないんだよ。

本当《ほんとう》に爆破《ばくは》して、ぶっ壊《こわ》してやりたいんだよ。

澄乃《すみの》ともども。

「……そんなことで、あんないたずら電話《でんわ》をしては、いけないよ」

咳払《せきばら》いをして、校長《こうちょう》は言《い》った。

「君《きみ》にとっては、単《たん》なるいたずらだったかもしれないけど、君《きみ》のした行為《こうい》は脅迫行為《きょうはくこうい》といって、立派《りっぱ》な犯罪《はんざい》なんだ。私《わたし》たちは、君《きみ》たち生徒《せいと》がきちんとした大人《おとな》になるための指導《しどう》もしなくてはいけない。今回《こんかい》のことは常軌《じょうき》を逸《いっ》してるので、ご家庭《かてい》と一緒《いっしょ》に君《きみ》のことを見《み》ていくために、お母《かあ》さんにもここに来《き》ていただいたんだ。君《きみ》の、今後《こんご》のことを話《はな》し合《あ》うためにね。お母《かあ》さん」

校長《こうちょう》が母《はは》に声《こえ》を掛《か》ける。母《はは》から目《め》をそむけている日菜子《ひなこ》には、母《はは》がどんな表情《ひょうじょう》をしているのか、分《わ》からない。母《はは》の低《ひく》い「はい」という声《こえ》だけが、耳《みみ》に入《はい》った。

「お嬢《じょう》さんの、ご家庭《かてい》でのご様子《ようす》は、いかがですか？　何《なに》か最近《さいきん》、変《か》わったこととか……学習面《がくしゅうめん》とか、友人関係《ゆうじんかんけい》とか」

「学習面《がくしゅうめん》は、ちょっと提出物《ていしゅつぶつ》を出《だ》していないとかで先生《せんせい》からご連絡《れんらく》いただいたことはあります。でもお友《とも》だちとは転校《てんこう》してからすぐに仲良《なかよ》くなって、いつも楽《たの》しそうに学校《がっこう》行《い》って……」

そこまで言《い》うと、母《はは》はふと黙《だま》り込《こ》んだ。

「お母《かあ》さん？」

校長《こうちょう》が促《うなが》すように声《こえ》を掛《か》けると、長《なが》い沈黙《ちんもく》の後《あと》、震《ふる》える声《こえ》で言《い》った。

「……うちの子《こ》じゃ、ないと思《おも》います」

「え？」

「日菜子《ひなこ》、誰《だれ》かにやられたんじゃないの⁉」

母《はは》がグイッと日菜子《ひなこ》の腕《うで》をつかんだ。答《こた》えを振《ふ》り落《お》とそうとするかのように、日菜子《ひなこ》の体《からだ》を激《はげ》しく揺《ゆ》さぶる。

「あなた、そんなことする子《こ》じゃないじゃない！　ちゃんと言《い》わなきゃ、ダメよ！」

「お母《かあ》さん」

母《はは》の興奮《こうふん》をなだめようとする江川先生《えがわせんせい》に、母《はは》は噛《か》みつくように怒鳴《どな》りつけた。

「違《ちが》うんです、この子《こ》、そんな子《こ》じゃない！　学校《がっこう》が嫌《きら》いなんて言《い》うのも、嘘《うそ》よ！　うちの子《こ》は学校《がっこう》が楽《たの》しいって言《い》ってました。転校《てんこう》したばかりで心配《しんぱい》する私《わたし》に、いつも大丈夫《だいじょうぶ》って言《い》って、楽《たの》しそうに学校《がっこう》行《い》ってたんですよ！　今《いま》までだって、そんな問題起《もんだいお》こしたこと、一度《いちど》もありません！　うちの子《こ》は、そんな悪《わる》いことする子《こ》じゃない！　あなたがやったんじゃない、誰《だれ》かにやらされたのよね⁉　そうよね、日菜子《ひなこ》⁉」

江川先生《えがわせんせい》に向《む》いていた目《め》が、日菜子《ひなこ》に向《む》き直《なお》った。必死《ひっし》な目《め》。今《いま》の状態《じょうたい》が信《しん》じられない、信《しん》じたくない目《め》だ。いつも全《すべ》てが上手《うま》くいっていて、信頼《しんらい》しきっていた自分《じぶん》の娘《むすめ》。でも事《じ》実《じつ》はそうではなかった。母《はは》の思《おも》い描《えが》くシナリオに無《な》かったこの事態《じたい》から、なんとか逃《のが》れたい目《め》。

「ね⁉　ちゃんと言《い》いなさい！　本当《ほんとう》のこと言《い》わないと誰《だれ》もあなたのこと信《しん》じてくれなくなっちゃうわよ⁉　そんなのダメでしょ、日菜子《ひなこ》⁉」

必死《ひっし》だね。なんでそんなに必死《ひっし》なの。あたしが悪《わる》いことしたら、そんなにイヤなの。そんなに、困《こま》るの。あたしが良《よ》い子《こ》じゃないと、安心《あんしん》できるちゃんとした子《こ》じゃないと、お母《かあ》さんどうするの。

どうするの……？

日菜子《ひなこ》は体《からだ》の底《そこ》から、ふっと何《なに》かが湧《わ》き起《お》こるのを感《かん》じた。クッと口《くち》から声《こえ》がもれる。

それは、小《ちい》さな笑《わら》い声《ごえ》になった。周《まわ》りの大人《おとな》が、それを聞《き》き咎《とが》める。

「日菜子《ひなこ》……？」

「高階《たかしな》さん？」

怪訝《けげん》そうに見《み》る大人《おとな》をしり目《め》に、日菜子《ひなこ》の笑《わら》いは止《と》まらなくなってきた。笑《わら》い声《ごえ》は大《おお》きくなり、ヒステリックなほど響《ひび》き渡《わた》る。

「ひ、日菜子《ひなこ》？　どうしたの？」

戸惑《とまど》う母《はは》が日菜子《ひなこ》の腕《うで》を揺《ゆ》する。日菜子《ひなこ》はその母《はは》の手《て》を振《ふ》りほどいた。

「日菜子《ひなこ》……？」

「ああ、バカみたい」

日菜子《ひなこ》は笑《わら》いながら言《い》って、母《はは》を見《み》た。母《はは》の日菜子《ひなこ》を見《み》つめる目《め》。不安《ふあん》でいっぱいな、心配《しんぱい》そうな目《め》。

「……もう、期待《きたい》しないでよ」

「え？」

「もう、勘弁《かんべん》してよ……！」

声《こえ》が荒《あら》くなるのが分《わ》かる。母《はは》の目《め》の不安《ふあん》に、戸惑《とまど》いまで帯《お》びてくる。見《み》たくなかった。母《はは》の、こんな目《め》。そのために、必死《ひっし》に守《まも》り続《つづ》けてきた。何《なに》を？　自分《じぶん》の、殻《から》を。みんなと仲良《なかよ》くするために、学校《がっこう》で上手《うま》くやっていくために、本当《ほんとう》の自分自身《じぶんじしん》を隠《かく》すために身《み》に着《つ》けていた、薄《うす》い、薄《うす》い殻《から》。着《つ》けていると苦《くる》しくて、しんどくて、でも着《つ》けていないと学校《がっこう》で居場所《いばしょ》が無《な》くなってしまう。そうしたら、お母《かあ》さんに心配《しんぱい》かけてしまう。いつもいつも日菜子《ひなこ》のことを不安《ふあん》に思《おも》っているお母《かあ》さんに。

でも、もう、限界《げんかい》なんだよ。

「ホントは、大丈夫《だいじょうぶ》なんかじゃ、なかったんだ」

「日菜子《ひなこ》」

「転校《てんこう》ばっかで、いっつも知《し》らない人達《ひとたち》の中《なか》にいきなり放《ほう》り込《こ》まれて、そこで上手《うま》くやれって、一日中《いちにちじゅう》一緒《いっしょ》に生活《せいかつ》させられて。緊張《きんちょう》して、気《き》を遣《つか》って、みんなの顔色《かおいろ》見《み》て……。そんなの大丈夫《だいじょうぶ》な訳《わけ》、ないじゃない！」

心《こころ》の、体《からだ》の奥底《おくそこ》から、何《なに》かすごく強《つよ》い物《もの》がものすごい勢《いきお》いで吹《ふ》き上《あ》げてくる。何《なに》がなんだか分《わ》からない。止《と》められない。もう、止《と》まらない。

「大丈夫《だいじょうぶ》大丈夫《だいじょうぶ》って、お母《かあ》さんいっつも聞《き》いてきたよね？　大丈夫《だいじょうぶ》じゃないって言《い》ったら、お母《かあ》さんなんとかしてくれたの？　学校《がっこう》行《い》かなくていいって、言《い》ってくれた？　元《もと》の学校《がっこう》に戻《もど》っていいって、言《い》ってくれた？　違《ちが》うでしょ？　お母《かあ》さん、本当《ほんとう》はあたしのこと心配《しんぱい》してたんじゃないよね？　自分《じぶん》が、安心《あんしん》したかっただけでしょ？　あたしが転校先《てんこうさき》でも上《う》手《ま》くやってるって、心配《しんぱい》したくなかっただけでしょ？　今《いま》だって、そうだよ！　あたしがやってないって、そんなことする子《こ》じゃないって……。あたし、やったって言《い》ってんじゃん！　学校《がっこう》なんか大嫌《だいきら》いだって、言ってんじゃん！　なんでそれなのに、学校楽《がっこうたの》しいなんて、友《とも》だちいっぱいなんて、まだ言《い》ってんの？　お母《かあ》さん、あたしが悪《わる》いことする人間《にんげん》だって、認《みと》めたくないだけだよ。悪《わる》い子《こ》の親《おや》になって、あたしの罪《つみ》を一緒《いっしょ》に負《お》わされるのが、イヤなだけなんだよ！」

荒《あ》れ狂《くる》うように叫《さけ》ぶ日菜子《ひなこ》を、母《はは》は呆然《ぼうぜん》と見《み》つめている。その眼差《まなざ》しも、今《いま》の日菜子《ひなこ》には苦《くる》しい。もう苦《くる》しくて苦《くる》しくて、たまらなかった。

「もう……嫌《いや》なんだよ！」

大声《おおごえ》で言《い》い捨《す》てると、日菜子《ひなこ》は校長室《こうちょうしつ》から飛《と》び出《だ》した。

背中《せなか》で、何《なに》か言《い》われたような気《き》がしたが、もうどうでも良《よ》かった。

もう……何《なに》もかも、どうでもいい。

全《すべ》ては、終《お》わってしまった。

「ひーなこ」

階段《かいだん》の方《ほう》から笑《わら》いを含《ふく》んだ声《こえ》に呼《よ》ばれた。振《ふ》り向《む》くと、澄乃《すみの》、公佳《きみか》、真美《まみ》、麻耶《まや》……いつものメンバーが、校長室《こうちょうしつ》の前《まえ》を歩《ある》いていた日菜子《ひなこ》に寄《よ》ってくる。ニヤニヤと口元《くちもと》を歪《ゆが》めながら。担任《たんにん》が不在《ふざい》のため自習《じしゅう》になっているところを、抜《ぬ》け出《だ》してきたのだろう。

「ねえ、なんて？」

日菜子《ひなこ》の腕《うで》に自分《じぶん》の腕《うで》を絡《から》ませ、いかにも仲良《なかよ》さそうに澄乃《すみの》が顔《かお》を覗《のぞ》き込《こ》んできた。

「校長室《こうちょうしつ》にお母《かあ》さんと呼《よ》び出《だ》されるなんて、マジヤバいんじゃない？」

公佳《きみか》がもう片方《かたほう》の日菜子《ひなこ》の腕《うで》をつかみ、澄乃《すみの》と二人《ふたり》で日菜子《ひなこ》を引《ひ》きずるように階段《かいだん》を昇《のぼ》り出《だ》した。

「あんなことやっちゃって、日菜子《ひなこ》どうなんのー？」

「ドラマみたいに、退学《たいがく》とか、そんなんなったりしてー！」

きゃあきゃあとはしゃぎながら階段《かいだん》を昇《のぼ》り、四人《よにん》は日菜子《ひなこ》を教室《きょうしつ》まで引《ひ》き連《つ》れてきた。

「みんなー、犯罪者《はんざいしゃ》来《き》たよー！」

教室《きょうしつ》に入《はい》ると、澄乃《すみの》が良《よ》く通《とお》る声《こえ》で言《い》った。日菜子《ひなこ》が姿《すがた》を現《あらわ》した途端《とたん》、ざわついた教室《きょうしつ》が、蜂《はち》の巣《す》をつついたような騒《さわ》ぎになった。

「お前《まえ》爆破予告《ばくはよこく》なんて、俺《おれ》たち殺《ころ》すつもりかよ!?」

「人殺《ひとごろ》し！」

「なんで逮捕《たいほ》されねえんだよ!?」

「自首《じしゅ》しろ、自首《じしゅ》！」

暴言《ぼうげん》と一緒《いっしょ》に、何《なに》かが日菜子《ひなこ》に投《な》げつけられ、額《ひたい》に当《あ》たった。足元《あしもと》に消《け》しゴムが落《お》ちる。それが合図《あいず》になったかのように、日菜子《ひなこ》に向《む》けて、みんなが一斉《いっせい》に色《いろ》んなものを投《な》げつけ出《だ》した。ボールペン、ペンケース、ノート……思《おも》わず手《て》で顔《かお》を庇《かば》うと、その中《なか》のひとつが手《て》の甲《こう》に当《あ》たった。鋭《するど》い痛《いた》みが走《はし》る。見《み》ると、血《ち》が一筋《ひとすじ》、流《なが》れていた。下《した》には、日菜子《ひなこ》の血《ち》と思《おも》われる赤《あか》い液体《えきたい》がついたハサミが落《お》ちていた。

痛《いた》い……痛《いた》い。ハサミで傷《きず》ついたのは、手《て》だけではなかった。心《こころ》が、日菜子《ひなこ》の全《すべ》てが、痛《いた》い。あたし……あたしばかり、どうしてこんな目《め》に遭《あ》わなきゃいけないの……？

「まあまあ、ここで死刑《しけい》にすることないでしょ～？」

笑《わら》いを含《ふく》んだ声《こえ》で、澄乃《すみの》が言《い》った。

「考《かんが》えてみれば、かわいそうじゃない？　日菜子《ひなこ》も。爆破予告《ばくはよこく》するほど、運動会《うんどうかい》が嫌《いや》だったなんてさ。日菜子《ひなこ》の身《み》にも、なってやろうよ」

「また、澄乃《すみの》は日菜子《ひなこ》を庇《かば》う」

クラスの女子《じょし》があきれ声《ごえ》で言《い》う。それに対《たい》して、澄乃《すみの》は極上《ごくじょう》の笑顔《えがお》を見《み》せた。

「当《あ》たり前《まえ》じゃない？　友《とも》だちだもん」

友《とも》だちだもん。

その言葉《ことば》に、日菜子《ひなこ》は澄乃《すみの》に視線《しせん》を向《む》けた。

上機嫌《じょうきげん》な澄乃《すみの》の笑顔《えがお》。頬《ほお》をピカピカに光《ひか》らせて、目《め》をキラキラさせて…………。

……ふざけるな。

「……何《なに》が、友《とも》だちだ……」

「え？」

「あんたなんて……友《とも》だちなんかじゃ、ないわ!!」

そう怒鳴《どな》りつけると、日菜子《ひなこ》は澄乃《すみの》を勢《いきお》いよく突《つ》き飛《と》ばした。

全《まった》く思《おも》ってもみなかった日菜子《ひなこ》の攻撃《こうげき》に、澄乃《すみの》は大《おお》きな音《おと》を立《た》ててあっけなくひっくり返《かえ》った。公佳《きみか》と麻耶《まや》が慌《あわ》てて駆《か》け寄《よ》る。

「な、何《なに》すんのよ⁉」

「何《なに》すんのよは、こっちのセリフだ！　運動会《うんどうかい》が嫌《いや》で爆破予告《ばくはよこく》の電話《でんわ》しろって言《い》ったの、あんたじゃない！　なに人《ひと》のせいにしてんだよ！」

こんな反撃《はんげき》を、澄乃《すみの》は思《おも》いも寄《よ》らなかったのだろう。ポカンと日菜子《ひなこ》を見上《みあ》げていたが、「澄乃《すみの》、大丈夫《だいじょうぶ》？」という公佳《きみか》の声《こえ》に、ハッと我《われ》に返《かえ》った澄乃《すみの》は、公佳《きみか》と麻耶《まや》に助《たす》け起《お》こされながら日菜子《ひなこ》を睨《にら》みつけた。

「……あんた、あたしに対《たい》してそんな言《い》い方《かた》して、いいと思《おも》ってんの……？」

低《ひく》い、怒気《どき》を含《ふく》んだ声《こえ》。今《いま》まで、何《なに》よりも日菜子《ひなこ》が怯《おび》え、恐《おそ》れていた澄乃《すみの》の怒《おこ》った声《こえ》。

澄乃《すみの》を怒《おこ》らせたら、友《とも》だち全《すべ》てがいなくなる。このクラスに、居場所《いばしょ》がなくなる。その時点《じてん》で学校生活《がっこうせいかつ》は真《ま》っ暗《くら》になり、もう生《い》きていかれなくなる。

「……バカじゃないの」

日菜子《ひなこ》は言《い》った。澄乃《すみの》に、そして、澄乃《すみの》を恐《おそ》れていた自分《じぶん》に対《たい》して。

「何《なん》ですって⁉」

バカと言《い》われた澄乃《すみの》が、日菜子《ひなこ》の胸《むな》ぐらをつかむ。前《まえ》までならそうされただけでひるんだ日菜子《ひなこ》だったが、その澄乃《すみの》を再《ふたた》び突《つ》き飛《と》ばした。支《ささ》えようとした公佳《きみか》と麻耶《まや》もろとも、またひっくり返《かえ》った。

「いったあい……」

強《つよ》く打《う》ったのか、澄乃《すみの》は情《なさ》けない声《こえ》をあげた。そんな姿《すがた》を見下《みお》ろしながら、行動《こうどう》とは裏《うら》腹《はら》な静《しず》かな声《こえ》で、日菜子《ひなこ》は言《い》った。

「痛《いた》いの？　あたしは、もっと痛《いた》かったのよ。爆破予告《ばくはよこく》の電話《でんわ》するの嫌《いや》がった時《とき》、あんた達《たち》から殴《なぐ》られたり蹴《け》られたりした時《とき》は」

日菜子《ひなこ》の言葉《ことば》に、教室中《きょうしつじゅう》が水《みず》を打《う》ったように静《しず》かになった。日菜子《ひなこ》は何《なに》を言《い》っているのか……？　クラス中《じゅう》の生徒《せいと》の目《め》が、日菜子《ひなこ》に集中《しゅうちゅう》する。そんな中《なか》、日菜子《ひなこ》は続《つづ》けた。

「怖《こわ》かった。死《し》ぬかと思《おも》ったよ。でもあんたがやれって言《い》ったから、掛《か》けたんだ。友《とも》だちだからって、言《い》ってたよね。いつも、あんた言《い》ったよね。友《とも》だちだからって。友《とも》だちだから、あたしにみんなのカバン持《も》たせて、友《とも》だちだからパジャマ切《き》り刻《きざ》んで、友《とも》だちだからトイレ掃除《そうじ》の水《みず》飲《の》ませて……。友《とも》だちなんだよね、あたし？　あんたを楽《たの》しませるために苦《くる》しい思《おも》いや痛《いた》い思《おも》いさせられる係《かかり》の、友《とも》だちなんだよね？　ねえ、みんな、あたし、友《とも》だちなんだよね、澄乃《すみの》の⁉」
クラスの生徒達《せいとたち》に向《む》かって、日菜子《ひなこ》は聞《き》いてみた。
教室《きょうしつ》は、静《しず》まり返《かえ》ったままだ。
日菜子《ひなこ》はそれを見《み》て、クッと笑《わら》った。
みんな、ずるい。ずるくて、汚《きたな》い。
分《わ》かっているくせに、みんな嘘《うそ》をついてる。
あたしみたいに。
もう、やめだ。
日菜子《ひなこ》は大《おお》きく息《いき》を吸《す》った。
お母《かあ》さんにも、全《すべ》てばらした。もう、守《まも》らなきゃならないものなんて、ない。
もう居場所《いばしょ》なんてどこにもないんだ。
どこにも。
「あたしは、澄乃《すみの》なんて、大嫌《だいきら》い」
ゆっくりと息《いき》を吐《は》きながら、日菜子《ひなこ》は言《い》った。

「澄乃《すみの》みたいな嘘《うそ》つきな卑怯者《ひきょうもの》、友《とも》だちでもなんでもない」

空気《くうき》がざわりと動《うご》く。それは、痛《いた》くてうずくまっていた澄乃《すみの》も動《うご》かした。初《はじ》めて言《い》われた屈辱《くつじょく》の言葉《ことば》、澄乃《すみの》の顔色《かおいろ》は真《ま》っ赤《か》になっていた。

「な……何《なに》よ、あんたなんか……。あんたなんか、万引《まんび》き犯《はん》のくせに！」

澄乃《すみの》は日菜子《ひなこ》を指《ゆび》さしながら、怒鳴《どな》りつけた。

「罪《つみ》を穂波《ほなみ》になすりつけようとして、卑怯《ひきょう》なのはあんたじゃない！　あんたは嘘《うそ》ばかりついて、いつも……」

「高階《たかしな》さん、万引《まんび》きなんてしてないわよ」

澄乃《すみの》の声《こえ》を、静《しず》かな声《こえ》がさえぎった。パタン、と、本《ほん》を閉《と》じる音《おと》が響《ひび》き、ゆっくりと席《せき》から立《た》ち上《あ》がったのは、穂波《ほなみ》だった。その言葉《ことば》に、クラス中《じゅう》が穂波《ほなみ》に目《め》を向《む》ける。穂波《ほなみ》はみんなには目《め》もくれず、日菜子《ひなこ》と澄乃《すみの》を見《み》つめたまま続《つづ》けた。

「あたし、高階《たかしな》さん、見《み》たもの。あの日《ひ》。歌《うた》を歌《うた》いに病院《びょういん》に行《い》く時《とき》。犯人《はんにん》、制服着《せいふくき》てたっておお店《みせ》の人《ひと》言《い》ってたよね。あたしもそうだったけど。でも、高階《たかしな》さんは買《か》い物《もの》に行《い》く途中《とちゅう》だったのか、私服《しふく》だった。確《たし》かデニムの短《たん》パンに、水色《みずいろ》の花柄《はながら》のＴ《ティー》シャツ」

今度《こんど》は、教室中《きょうしつじゅう》がざわめいた。

澄乃《すみの》の顔色《かおいろ》が、今度《こんど》は青《あお》ざめる。

「な、何言《なにい》ってんの？　なんでそんな嘘《うそ》…………」

「嘘《うそ》だと思《おも》うなら、放《ほう》っておけばいいじゃない」

涼《すず》しい声《こえ》で、穂波《ほなみ》が言《い》った。

「放《ほう》っておけないのは、本当《ほんとう》のことがバレたら困《こま》るからかしら？」

クラスのざわめきが、穂波《ほなみ》の言葉《ことば》で一層大《いっそうおお》きくなる。その中《なか》で、澄乃《すみの》に向《む》けられる眼差《まなざ》しは、どんどん疑《うたが》いと嫌悪《けんお》の色《いろ》を濃《こ》くしていく。

「あ、あたしじゃない！　あたし、そんなことしない！　ねえ？」

澄乃《すみの》は必死《ひっし》に言《い》い訳《わけ》を探《さが》し、公佳《きみか》と麻耶《まや》に助《たす》けを求《もと》めた。しかし公佳《きみか》と麻耶《まや》は、すっと澄乃《すみの》から体《からだ》を離《はな》し、他《ほか》の生徒達《せいとたち》の方《ほう》に加《くわ》わった。

「あたしも、澄乃《すみの》にハブられたんだよね。映画《えいが》のチケットの予約《よやく》が自分《じぶん》の思《おも》ってたとこと違《ちが》うからって」

「あたしのことも、ハブろうとしてたらしいんだ」

公佳《きみか》と麻耶《まや》がほかのクラスメート達《たち》に話《はな》すのが耳《みみ》に入《はい》る。真美《まみ》もそんな二人《ふたり》の言葉《ことば》から澄乃《すみの》を庇《かば》おうとしない。澄乃《すみの》は、どんな顔《かお》をしているのだろう。

だがもう、日菜子《ひなこ》にはどうでもいいことだ。

日菜子《ひなこ》は、ゆっくりと教室《きょうしつ》から出《で》た。そしてそのまま、学校《がっこう》の外《そと》に足《あし》を向《む》けた。

もう、何《なに》もかも、どうでもいい。

澄乃《すみの》も、友《とも》だちも、学校《がっこう》も……お母《かあ》さんも。

日菜子《ひなこ》を縛《しば》り付《つ》け、苦《くる》しめてきた全《すべ》て。

それは日菜子《ひなこ》が生《い》きていく上《うえ》でなくてはならない大切《たいせつ》なものだった。

でも、もう……なくなっちゃった。私《わたし》の居場所《いばしょ》、もうなくなったんだ。

苦《くる》しみたくない。これ以上《いじょう》、辛《つら》くて悲《かな》しい思《おも》いなんて、したくない。

もう……生《い》きていたくない。

もう、限界《げんかい》だよ。

町《まち》の境界《きょうかい》に来《き》た。坂《さか》になった芝《しば》を踏《ふ》み越《こ》えて昇《のぼ》ると、そこには河川敷《かせんしき》が広《ひろ》がっていた。

平日《へいじつ》の昼間《ひるま》は、人影《ひとかげ》がひとつも見《み》えない。日菜子《ひなこ》の足《あし》は、まっすぐに川《かわ》に向《む》かった。靴《くつ》を履《は》いたまま、川《かわ》に入《はい》る。バシャバシャと歩《ある》く川《かわ》は浅《あさ》いが、急《きゅう》に深《ふか》くなると聞《き》いたことがあった。小学校《しょうがっこう》のキャンプだ。魚掴《さかなづか》みをしていた時《とき》、危《あぶ》ないから気《き》を付《つ》けろと、先生《せんせい》が何度《なんど》も言《い》っていた。日菜子《ひなこ》はどんどんと歩《ある》き続《つづ》けた。どこまで行《い》けば、深《ふか》くなるのか。どこまで行《い》けば、楽《らく》になれるのか。日菜子《ひなこ》は夢中《むちゅう》で、川《かわ》の中《なか》を歩《ある》き続《つづ》けた。

不意《ふい》に、日菜子《ひなこ》の体《からだ》がガクンと沈《しず》んだ。川底《かわぞこ》が急《きゅう》に抜《ぬ》けたように、足《あし》のつく場所《ばしょ》を失《うしな》った。あっと思《おも》う間《ま》もなく急《きゅう》に川面《かわも》が目《め》の前《まえ》まで迫《せま》り、口《くち》と鼻《はな》に水《みず》が流《なが》れ込《こ》む。

日菜子《ひなこ》は、とっさに両手両足《りょうてりょうあし》をばたつかせた。しかし、靴《くつ》や服《ふく》が動《うご》きを妨《さまた》げる上《うえ》に、思《おも》いのほか川《かわ》の流《なが》れが激《はげ》しく、日菜子《ひなこ》の体《からだ》は浮《う》かび上《あ》がることが出来《でき》ない。

水《みず》に逆《さか》らうようにもがくが、どんどん口《くち》と鼻《はな》に入《はい》ってきて、息《いき》が出来《でき》ない。

苦《くる》しい。

もがいてももがいても、体《からだ》は流《なが》れに絡《から》めとられ、黒《くろ》い水《みず》の中《なか》に引《ひ》きずり込《こ》まれていく。

怖《こわ》い……怖《こわ》い……！

日菜子《ひなこ》は、必死《ひっし》に手足《てあし》を動《うご》かした。そして、無意識《むいしき》に叫《さけ》んだ。

「助《たす》けて……誰《だれ》か、助《たす》けて…………！」

その時《とき》、グイッと腕《うで》をつかまれた。

「動《うご》かないで、体《からだ》の力《ちから》を抜《ぬ》いて！」

水《みず》しぶきのバシャバシャいう音《おと》の向《む》こうで、女《おんな》の子《こ》の怒鳴《どな》る声《こえ》がした。その声《こえ》の主《ぬし》は、日《ひ》菜《な》子《こ》の腕《うで》をグイグイと引《ひ》っ張《ぱ》ると、なんとか足《あし》のつく浅瀬《あさせ》まで体《からだ》を引《ひ》きずり上《あ》げた。

川底《かわぞこ》に手足《てあし》をついて四《よ》つん這《ば》いになり、日《ひ》菜《な》子《こ》はゲホゲホと飲《の》んでしまった水《みず》を吐《は》いた。

助《たす》かった…………。そう思《おも》った時《とき》、頭《あたま》の上《うえ》から強《つよ》い怒《おこ》った声《こえ》が聞《き》こえた。

「バカ!!」

声《こえ》の主《ぬし》を見上《みあ》げる。目《め》の前《まえ》の顔《かお》を見《み》て、日《ひ》菜《な》子《こ》は驚《おどろ》いた。

川《かわ》に飛《と》び込《こ》み、ぐしょ濡《ぬ》れになって日《ひ》菜《な》子《こ》を助《たす》けてくれたのは、宮本穂波《みやもとほなみ》だった。

六

「じゃあ、落《お》ち着《つ》くまでここでゆっくりしていきなさいね」

日菜子《ひなこ》と穂波《ほなみ》の前《まえ》にお茶《ちゃ》を置《お》くと、初老《しょろう》の女性《じょせい》は穏《おだ》やかに言《い》った。

「ありがとうございます」

穂波《ほなみ》が小《ちい》さく頭《あたま》を下《さ》げると、女性《じょせい》は優《やさ》しく微笑《ほほえ》み、

「学校《がっこう》とおうちに連絡《れんらく》してもいいと思《おも》ったら、おっしゃいね。うちはいつまでもいてもらって大丈夫《だいじょうぶ》だから」


川《かわ》に入《はい》って溺《おぼ》れかけた日菜子《ひなこ》を、穂波《ほなみ》が助《たす》けてくれた。しかし、ずぶ濡《ぬ》れの二人《ふたり》は思《おも》うように動《うご》けず、川《かわ》から上《あ》がることが出来《でき》ないでいた。するとそれを見《み》かけた犬《いぬ》の散歩《さんぽ》やジョギングをしていた人達《ひとたち》、そして近所《きんじょ》の人達《ひとたち》が、みんなで川《かわ》に入《はい》り助《たす》け上《あ》げてくれたのだ。

その中《なか》にいた川沿《かわぞ》いにある福祉施設《ふくししせつ》の職員《しょくいん》が、二人《ふたり》を施設《しせつ》に連《つ》れてきてくれた。訳《わけ》あり

なのが見《み》て分《わ》かったのだろう。すぐに学校《がっこう》に連絡《れんらく》することなく、休《やす》ませてくれたのだ。

今制服《いませいふく》は乾燥室《かんそうしつ》で乾《かわ》かしてもらっていて、日菜子《ひなこ》と穂波《ほなみ》は、職員《しょくいん》のジャージを借《か》りて、休憩室《きゅうけいしつ》で乾《かわ》くのを待《ま》っているところだった。


穂波《ほなみ》が、女性《じょせい》が置《お》いていってくれたお茶《ちゃ》に口《くち》をつけた。淹《い》れたてだったのか、少《すこ》しすすると「あちっ」と小《ちい》さく言《い》い、茶碗《ちゃわん》をテーブルに戻《もど》した。茶碗《ちゃわん》のコトンという音《おと》が、静《しず》かな室内《しつない》に響《ひび》く。二人《ふたり》の間《あいだ》に、会話《かいわ》は無《な》かった。

日菜子《ひなこ》は、戸惑《とまど》っていた。

今《いま》、目《め》の前《まえ》に座《すわ》る助《たす》けてくれた相手《あいて》が、意外《いがい》すぎた。

穂波《ほなみ》。

澄乃《すみの》の万引《まんび》きの罪《つみ》を日菜子《ひなこ》は保身《ほしん》のために、穂波《ほなみ》になすりつけた。しばらくして穂波《ほなみ》は無実《むじつ》と分《わ》かったものの、一時《ひっとき》は人生《じんせい》をめちゃめちゃにされたのだ。日菜子《ひなこ》によって。

怒《おこ》っているはずなのだ。日菜子《ひなこ》のことを、恨《うら》んで、憎《にく》んでいて当然《とうぜん》なのだ。

なのに、穂波《ほなみ》はさっき教室《きょうしつ》で、澄乃《すみの》が日菜子《ひなこ》になすりつけた罪《つみ》を、くつがえしてくれた。

あの日《ひ》、穂波《ほなみ》も日菜子《ひなこ》に気付《きづ》いていたのだ。穂波《ほなみ》の次《つぎ》に日菜子《ひなこ》が万引《まんび》き犯《はん》にまつりあげられた時《とき》は、何《なに》も言《い》わなかったのに。ならどうして、今日《きょう》、穂波《ほなみ》は日菜子《ひなこ》を助《たす》けてくれた？日菜子《ひなこ》の無実《むじつ》を立証《りっしょう》してくれただけでなく、教室《きょうしつ》から出《で》た日菜子《ひなこ》を追《お》いかけ、命《いのち》も救《すく》ってくれた……。穂波《ほなみ》は、一体何《いったいなに》を考《かんが》えているの？

日菜子《ひなこ》は、そっと穂波《ほなみ》の方《ほう》を見《み》た。

テーブルの向《む》こうに腰《こし》かける穂波《ほなみ》は、窓《まど》から入《はい》ってくる日差《ひざ》しに縁取《ふちど》られ、ぼんやりとかすんでいるようだ。とてもはかなく、まるで肩先《かたさき》から、光《ひかり》の中《なか》に溶《と》けてしまいそうに見《み》える。日菜子《ひなこ》は思《おも》わず、「宮本《みやもと》さん」と声《こえ》を掛《か》けた。

穂波《ほなみ》がふっと視線《しせん》を日菜子《ひなこ》に合《あ》わせた。責《せ》めるような、憎《にく》むような、強《つよ》い視線《しせん》だ。後《うし》ろめたい日菜子《ひなこ》には目《め》を合《あ》わせていることが辛《つら》い。うつむいて視線《しせん》をそらす。すると穂波《ほなみ》の小《ちい》さい声《こえ》が耳《みみ》に入《はい》った。

「怖《こわ》かったでしょ」

……え……？

目《め》を上《あ》げると、穂波《ほなみ》は日菜子《ひなこ》を睨《にら》みつけたまま、続《つづ》けた。

「死《し》ぬの」

穂波《ほなみ》の言葉《ことば》に、日菜子《ひなこ》は戸惑《とまど》った。そんなことを言《い》われるとは、思《おも》っていなかったのだ。

でも、怖《こわ》かった。死《し》ぬつもりで川《かわ》に入《はい》ったのに、いざ死《し》にそうになると、苦《くる》しくて辛《つら》くて……いや、そんなことより、無条件《むじょうけん》に、怖《こわ》かった。

死《し》ぬ、ということが。

助《たす》けて、と思《おも》った。助《たす》かりたい、と、強《つよ》く、強《つよ》く思《おも》ったのだ。

日菜子《ひなこ》は、穂波《ほなみ》の目《め》を見返《みかえ》しながら、ゆっくりとうなずいた。

穂波《ほなみ》は日菜子《ひなこ》から視線《しせん》を外《はず》し、窓《まど》の外《そと》を向《む》いた。光《ひかり》にあふれるそこでは、真《ま》っ青《さお》な空《そら》に、緑《みどり》の梢《こずえ》が揺《ゆ》れている。部屋《へや》に入《はい》ってくる光《ひかり》も、水《みず》の中《なか》のように揺《ゆ》れる。穂波《ほなみ》はその中《なか》で、低《ひく》く言《い》った。

「あなた、大嫌《だいきら》い」

分《わ》かっていた、日菜子《ひな こ》が穂波《ほなみ》に嫌《きら》われていることは。しかし本人《ほんにん》からじかに聞《き》くと、やはり心《こころ》に重《おも》く響《ひび》いた。

「……ごめんなさい……」

「何《なに》が」

穂波《ほなみ》の意外《いがい》な問《と》いに、日菜子《ひなこ》は目《め》を丸《まる》くした。

「何《なに》がって……。あなたには、迷惑《めいわく》かけたから。あたしの嘘《うそ》のせいで、あなたがいじめられることになって、それで……」

「そんなこと」

穂波《ほなみ》はさもバカらしいというように、鼻《はな》を鳴《な》らした。

「嫌《きら》いなのは、あなただけじゃない。クラスのみんなも、先生達《せんせいたち》も。ちゃんと生《い》きてない人《ひと》は、みんな嫌《きら》い」

「ちゃんと生《い》きてない……？」

どういう意味《いみ》……？　よくわからず日菜子《ひなこ》が聞《き》き返《かえ》す。

すると穂波《ほなみ》は、体《からだ》ごと日菜子《ひなこ》の方《ほう》に向《む》き、まっすぐにその目《め》を見据《みす》えて言《い》った。

「だけど……ううん、だから、あなたはもう今日《きょう》からは、死《し》んではだめ」

「……え……？」

「自分《じぶん》で分《わ》からないの？　あなたは、やっと今日《きょう》生《う》まれ変《か》われたんだよ」

生《う》まれ変《か》わった……あたしが？

日菜子《ひなこ》も穂波《ほなみ》の目《め》を見《み》つめ返《かえ》す。穂波《ほなみ》の目《め》の中《なか》に、日菜子《ひなこ》が映《うつ》っている。

みすぼらしい姿《すがた》だ。自分《じぶん》を守《まも》るために嘘《うそ》ばかりついた大《おお》ウソつき。そのせいで人《ひと》を傷《きず》つけ、自分《じぶん》もいじめられて、それでもその居場所《いばしょ》を守《まも》りたくて傷《きず》つけられて、苦《くる》しんで、そうやってしか自分《じぶん》の存在《そんざい》する意味《いみ》が無《む》くなってしまった、こんなあたしが…………？

「……何《なに》、言《い》ってんの……？」

バカらしい。日菜子《ひなこ》はフッと笑《わら》いが込《こ》み上《あ》げた。

「あなた、なんであたしが死《し》のうとしたかなんて、わかんないでしょ？　あたし、もう居《い》場所《ばしょ》がないんだよ。いじめられて、お母《かあ》さんの期待《きたい》も裏切《うらぎ》って、友《とも》だちもいなくて……。こんなの死《し》んだも同然《どうぜん》だよ！　生《う》まれ変《か》わったんじゃない。あたしは、死《し》んだんだよ、全《すべ》て今《いま》まで守《まも》ってきたものを失《うしな》って！　居場所《いばしょ》も無《な》くして!!　あたしは死《し》んだんだ！」

「死《し》んだから、やっと生《う》まれ変《か》われたんじゃない」

日菜子《ひなこ》の声《こえ》が荒《あら》くなるのと逆《ぎゃく》に、穂波《ほなみ》は穏《おだ》やかな口調《くちょう》で言《い》った。

日菜子《ひなこ》は思《おも》わず言葉《ことば》を飲《の》んだ。日菜子《ひなこ》を見《み》つめる穂波《ほなみ》の瞳《ひとみ》は、優《やさ》しく温《あたた》かいものになっていた。

「あなただけじゃない。みんな、嘘《うそ》ついてるよね。クラスに居場所《いばしょ》を作《つく》るために。好《す》きでもない子《こ》にすり寄《よ》って、自分《じぶん》を押《お》し殺《ころ》して。なんで、そんな生《い》き方《かた》するの？　せっかく自《じ》分《ぶん》の、自分《じぶん》だけの、大切《たいせつ》な人生《じんせい》なのに」

穂波《ほなみ》は少《すこ》しの間目《あいだめ》を閉《と》じた。闇《やみ》の中《なか》から何《なに》かを思《おも》い出《だ》そうとしているかのように。やがて、ゆっくりと目《め》を開《ひら》いた。

「親友《しんゆう》が、いたのよ」

親友《しんゆう》。

澄乃《すみの》が日菜子《ひなこ》に言《い》った言葉《ことば》だ。しかし、穂波《ほなみ》の言葉《ことば》には、澄乃《すみの》が言《い》ったような軽《かる》い響《ひび》きが無《な》かった。窓《まど》の外《そと》に遠《とお》い目《め》を向《む》けながら、穂波《ほなみ》は続《つづ》けた。

「あたし、小五《しょうご》の時《とき》に病気《びょうき》が見《み》つかったの。それからずっと入退院《にゅうたいいん》繰《く》り返《かえ》してた。長期《ちょうき》入《にゅう》院《いん》してる子《こ》ってね、知《し》ってる？　院内学級《いんないがっきゅう》っていう、病院《びょういん》の中《なか》の学校《がっこう》に通《かよ》うのよ。そこで、一《いっ》こ上《うえ》の友《とも》だちが出来《でき》たの。陽《ひ》菜《な》って、名前《なまえ》だった」

ひな——。

そういうことか。日《ひ》菜《な》子《こ》は転校《てんこう》した初日《しょにち》のことを思《おも》い出《だ》した。穂《ほ》波《なみ》は、日《ひ》菜《な》子《こ》の名前《なまえ》を聞《き》いて、驚《おどろ》いたのだ。陽《ひ》菜《な》のことを思《おも》い出《だ》して。私《わたし》と名前《なまえ》の似《に》た、穂《ほ》波《なみ》の親友《しんゆう》……。

「あたしの病気《びょうき》、死《し》ぬかもしれなかったの。すごく強《つよ》い薬点滴《くすりてんてき》して、副作用《ふくさよう》が苦《くる》しくて、辛《つら》くてね。長《なが》かった髪《かみ》も、薬《くすり》のせいで、全部抜《ぜんぶぬ》けたりした」

穂《ほ》波《なみ》は日《ひ》の光《ひかり》に透《す》けるショートヘアを触《さわ》り、「やっとここまで生《は》えたんだ」と言《い》った。

「陽《ひ》菜《な》も、同《おな》じ病気《びょうき》だった。二人《ふたり》で苦《くる》しいことや辛《つら》いこと、いっぱい打《う》ち明《あ》け合《あ》った。あたしはいつも泣《な》いちゃってたんだけど、陽《ひ》菜《な》はそんな時《とき》、必《かなら》ず歌《うた》を歌《うた》ってくれたの。陽《ひ》菜《な》はすごく歌《うた》が上手《じょうず》で、あたしにもいっぱい歌《うた》を教《おし》えてくれて、辛《つら》くて泣《な》きたくなった時《とき》は、いつも二人《ふたり》で歌《うた》ったわ」

日《ひ》菜《な》子《こ》は黙《だま》って穂《ほ》波《なみ》の言葉《ことば》に耳《みみ》を傾《かたむ》けた。

「私《わたし》が病院《びょういん》で歌《うた》を歌《うた》うようになったのも、これがきっかけ。でもこんな大切《たいせつ》なこと、澄乃《すみの》みたいな人間《にんげん》には言《い》いたくなかった。だから万引《まんび》きを疑《うたが》われた時《とき》も黙《だま》ってたの」

陽菜《ひな》の面影《おもかげ》が見《み》えるのか、窓《まど》の外《そと》を見《み》つめる穂波《はなみ》の目《め》が和《やわ》らぐ。

「二人《ふたり》で、将来《しょうらい》の夢《ゆめ》も話《はな》したわ。退院《たいいん》したらやりたいことも。学校行《がっこうい》ったり、遊《あそ》んだり、やりたいことはいっぱいあったけど、一番《いちばん》したかったのは、陽菜《ひな》と一緒《いっしょ》に色《いろ》んなとこに行《い》くことだった。約束《やくそく》したのよ。絶対元気《ぜったいげんき》になって、一緒《いっしょ》に遊《あそ》ぼうって。夏休《なつやす》みは海《うみ》に行《い》って、冬休《ふゆやす》みはスケート行《い》こうねって。あたし、陽菜《ひな》が大好《だいす》きだった。陽菜《ひな》といたら、どんなことも乗《の》り越《こ》えられると思《おも》えた。だから、どんな辛《つら》い治療《ちりょう》も我慢出来《がまんでき》た。おかげで、体《からだ》の中《なか》から病気《びょうき》は無《な》くなってね。退院《たいいん》に向《む》けて、一時帰宅出来《いちじきたくでき》るくらいになったの」

「そうだったんだ。良《よ》かったね」

入院《にゅういん》の話《はなし》は悲壮感《ひそうかん》があったが、今《いま》の元気《げんき》そうな穂波《ほなみ》につながる話《はなし》になり、日菜子《ひなこ》はホッとした。しかし穂波《ほなみ》の話《はなし》の続《つづ》きは
「あたしがいない間《あいだ》に、陽菜《ひな》のベッドは、空《から》っぽになってた」

穂波《ほなみ》の言葉《ことば》の意味《いみ》が、最初日菜子《さいしょひなこ》には分《わ》からなかった。しかし穂波《ほなみ》の目《め》に涙《なみだ》が膨《ふく》らんできたのを見《み》て、ハッと気付《きづ》いた。陽菜《ひな》は、帰《かえ》らぬ人《ひと》になったのだ。

「……一生懸命《いっしょうけんめい》、生《い》きたのに」

絞《しぼ》り出《だ》すように、穂波《ほなみ》は言《い》った。

これからも、ずっと一緒《いっしょ》に生《い》きていくはずだったのに。一緒《いっしょ》に笑《わら》って、一緒《いっしょ》におしゃべりして、一緒《いっしょ》に歌《うた》って。ずっとずっと、一緒《いっしょ》に。

「死《し》んだら、もう、終《お》わり」

穂波《ほなみ》の言葉《ことば》に、日菜子《ひなこ》は何《なに》も言《い》えなかった。

自分《じぶん》が捨《す》てようとした命《いのち》、失《うしな》った人《ひと》がいる。

全《すべ》てに、終止符《しゅうしふ》が打《う》たれた人《ひと》が。

「よく、言《い》うよね？　死《し》んでも、覚《おぼ》えている人《ひと》がいる限《かぎ》り、ずっとその人《ひと》の中《なか》で、生《い》き続《つづ》けるって。そんなの、ただのなぐさめだよ」

穂波《ほなみ》がにじむ涙《なみだ》を拭《ふ》きながら言《い》った。

「覚《おぼ》えている人《ひと》の中《なか》では、生《い》き続《つづ》けてるよ。でも、陽菜《ひな》は、自分自身《じぶんじしん》を失《うしな》ったんだ。もう学校《がっこう》も行《い》けない。遊《あそ》べない。海《うみ》にも、スケートにも行《い》けない。あたしと、もう手《て》も握《にぎ》れない。あたしの手《て》、大好《だいす》きだって言《い》ってくれたのに」

これから先《さき》、どれだけの夢《ゆめ》があふれた人生《じんせい》だったのか。どんなに瞳《ひとみ》をキラキラさせ、その夢《ゆめ》を思《おも》い描《えが》いていたのか。

考《かんが》えるだけで、日菜子《ひなこ》は胸《むね》が震《ふる》えた。

穂波《ほなみ》は悲《かな》しい記憶《きおく》を抑《おさ》え込《こ》むように大《おお》きくため息《いき》をついた。そして、日菜子《ひなこ》に向《む》かって、小《ち》さく微笑《ほほえ》んだ。

「……あなた、頑張《がんば》ったね」

「え？」

「よく、闘《たたか》ったね」

そう言《い》って、穂波《ほなみ》は日菜子《ひなこ》の手《て》を取《と》り、ぎゅっと握《にぎ》りしめた。

「ごめんね。いつまでも澄乃達《すみのたち》の思《おも》い通《どお》りになっている弱《よわ》いあなたなんて、正直《しょうじき》どうなってもいいと思《おも》ってた。生《い》きる価値《かち》のない人生《じんせい》を歩《ある》いてる、人生《じんせい》の無駄遣《むだづか》いしてる人《ひと》なんて、勝手《かって》に堕《お》ちていけばいいと思《おも》ってた。あんな風《ふう》に、澄乃達《すみのたち》に本当《ほんとう》のことを言《い》って、決着《けっちゃく》をつけると思《おも》わなかった」

「決着《けっちゃく》をつけるなんて……。そんな、かっこいいもんじゃない。あたしは、もう、何《なに》もかもどうでも良《よ》くなっただけで……」

「どうでも良《よ》かったんじゃ、ないでしょ？　もう、終《お》わらせたかったんでしょ？」

穂波《ほなみ》が日菜子《ひなこ》の目《め》を覗《のぞ》き込《こ》む。

「終《お》わったのなら、今度《こんど》は始《はじ》めなきゃ。新《あたら》しい人生《じんせい》を」

「新《あたら》しい……」

「あなたは、生《い》きてるんだから」

生《い》きてるんだから。

その言葉《ことば》は、深《ふか》く日菜子《ひなこ》の心《こころ》に沁《し》みた。

自分《じぶん》は、全《すべ》て失《うしな》ったと思《おも》っていた。でも、違《ちが》うのかもしれない。逆《ぎゃく》なのかもしれない。

日菜子《ひなこ》は全《すべ》て失《うしな》ったのではなく、また人生《じんせい》を歩《ある》き直《なお》す機会《きかい》を得《え》たのかもしれない。

今自分《いまじぶん》の前《まえ》に伸《の》びているのは、何《なに》もないまっさらな道《みち》。

生《い》きている、自分《じぶん》の人生《じんせい》。

「……大丈夫《だいじょうぶ》かな……。そんなの」

今《いま》まで、周《まわ》りの目《め》が自分《じぶん》の進《すす》む方向《ほうこう》を決《き》める道《みち》しるべだったのだ。それ無《な》くして、自分《じぶん》の道《みち》を決《き》めるのは、なんだか怖《こわ》い。不安《ふあん》で一杯《いっぱい》だ。

「大丈夫《だいじょうぶ》かなんて、誰《だれ》にも分《わ》からないよ」

穂波《ほなみ》が小《ちい》さく笑《わら》った。

「先《さき》のことなんて、誰《だれ》も分《わ》からない。でもね、今日《きょう》のあなたは出来《でき》たでしょ」

出来《でき》た……？

「つまらないものにしがみつくばかりだった自分《じぶん》を捨《す》てることが出来《でき》た。これからあなたは、自分《じぶん》で自分《じぶん》のことをしっかり考《かんが》えて、きっと自分《じぶん》を大切《たいせつ》に、大切《たいせつ》にしていけるわ」

穂波《ほなみ》の目《め》が、ふと遠《とお》くに向《む》いた。

「だって……自分《じぶん》は、たったひとつしかない、宝物《たからもの》なんだから」

宝物《たからもの》。日菜子《ひなこ》は、穂波《ほなみ》の言葉《ことば》を、心《こころ》の中《なか》で繰《く》り返《かえ》した。

その時《とき》、

「制服《せいふく》、乾《かわ》きましたよ」

お茶《ちゃ》を淹《い》れてくれた初老《しょろう》の女性《じょせい》が、乾燥室《かんそうしつ》で乾《かわ》かしていた二人《ふたり》の制服《せいふく》を持《も》ってきてくれた。

受《う》け取《と》った二人《ふたり》は、ほのかに温《ぬく》もりを残《のこ》した制服《せいふく》に、思《おも》わず頬《ほお》ずりをした。

「あったかい」

「ね」

温《ぬく》もりに誘《さそ》われたのか、着替《きが》えをしながら、穂波《ほなみ》が小《ちい》さく歌《うた》を口《くち》ずさんだ。それは、あの時《とき》……体育館《たいいくかん》の倉庫《そうこ》に、みんなで穂波《ほなみ》を閉《と》じ込《こ》めた時《とき》。日菜子《ひなこ》が落《お》とした鍵《かぎ》を取《と》りに戻《もど》ったら、倉庫《そうこ》の中《なか》から聞《き》こえてきた、あの歌《うた》。

「……それ」

「え？」

「その歌《うた》……体育館《たいいくかん》でも、歌《うた》ってた……？」

「え？」

穂波《ほなみ》は驚《おどろ》いて目《め》を丸《まる》くしたが、すぐその頬《ほお》に笑《え》みが浮《う》かんだ。

「ああ……あの時鍵《ときかぎ》開《あ》けてくれたの、高階《たかしな》さんだったの？」

日菜子《ひなこ》がうなずくと、穂波《ほなみ》は「ありがとう」と言《い》い、少《すこ》し照《て》れ臭《くさ》そうに笑《わら》った。

「この歌《うた》ね、陽菜《ひな》といつも歌《うた》ってた歌《うた》なの。だからね、あの時鍵《ときかぎ》が開《あ》いたのも、陽菜《ひな》が開《あ》けてくれたのかと思《おも》ったんだ。そんなこと、ある訳《わけ》ないのにね。……なんて、なんでこんな話《はなし》してんだろ」

「それ、なんていう歌《うた》？」

「"You raise me up"」

はてな顔《がお》の日菜子《ひなこ》に、穂波《ほなみ》は付《つ》け加《くわ》えた。

「〝あなたが、励《はげ》ましてくれるから〟」


穂波《ほなみ》はこれから学校《がっこう》に戻《もど》ると言《い》うが、日菜子《ひなこ》は迷《まよ》った。だが、穂波《ほなみ》が言《い》ってくれた。

「戻《もど》ることないよ」

日菜子《ひなこ》の気持《きも》ちをくんだように、穂波《ほなみ》は穏《おだ》やかに言《い》った。

「あたしが学校出《がっこうで》たのも、高階《たかしな》さんを追《お》ったとは誰《だれ》も思《おも》ってないと思《おも》うし。一緒《いっしょ》に戻《もど》る意《い》味《み》ないしね。今日《きょう》は家《いえ》に戻《もど》って、ゆっくりした方《ほう》が良《よ》いと思《おも》う」

そうか……でも
「あたしを追《お》ったことを言《い》わなければ、逆《ぎゃく》に宮本《みやもと》さんが勝手《かって》に学校《がっこう》をサボったと思《おも》われちやうんじゃない？」

「いいよ、別《べつ》に」

「でも」

「あたしが、勝手《かって》にやったことに、違《ちが》いはないじゃない」

そう言《い》うと、穂波《ほなみ》はニッコリと笑《わら》った。それを見《み》て、日菜子《ひなこ》はずっと強張《こわば》っていた心《こころ》が柔《やわ》らかく解《と》きほぐされていくのを感《かん》じた。

「ありがとう」

日菜子《ひなこ》が言《い》うと、穂波《ほなみ》は小《ちい》さく手《て》を振《ふ》って、学校《がっこう》へと戻《もど》って行《い》った。

日菜子《ひなこ》は一人《ひとり》になった。

自分一人《じぶんひとり》だ。

穂波《ほなみ》が言《い》った、本当《ほんとう》に大事《だいじ》なもの。

何《なに》がなんでも、守《まも》り抜《ぬ》かなければならない。

日菜子《ひなこ》は家《いえ》に続《つづ》く道《みち》を、ゆっくりと一歩《いっぽ》踏《ふ》み出《だ》した。

家《いえ》の玄関《げんかん》の前《まえ》に立《た》ち、ドアノブに手《て》をかける。が、何故《なぜ》か回《まわ》すことが出来《でき》ない。

母《はは》の必死《ひっし》な目《め》が、頭《あたま》に浮《う》かんだ。校長室《こうちょうしつ》でのやり取《と》り。「うちの子《こ》は、そんなことしません」「うちの子《こ》は、良《よ》い子《こ》なんです」と言《い》った、母《はは》の必死《ひっし》な表情《ひょうじょう》。

日菜子《ひなこ》は、力《ちから》を込《こ》めてドアノブを回《まわ》した。カチャリ、という音《おと》がした途端《とたん》、

「日菜子《ひなこ》!?」

シンとした空気《くうき》を裂《さ》くように、母《はは》の声《こえ》が響《ひび》いた。バタバタと走《はし》る音《おと》が聞《き》こえ、姿《すがた》を現《あらわ》した母《はは》は、憔悴《しょうすい》しきったような青《あお》ざめた顔《かお》をしていた。

「おかあさ…………」

「どこに……どこに行《い》ってたの!?」

取《と》り乱《みだ》したようにそう言《い》い、母《はは》は日菜子《ひなこ》の肩《かた》をつかんで激《はげ》しく揺《ゆ》さぶった。

「学校《がっこう》からいなくなったりして……一体《いったい》、どこに行《い》ってたの!?　お母《かあ》さん、どれだけ心配《しんぱい》したか!　どれだけ…………」

あとは言葉《ことば》にならなかった。母《はは》は大《おお》きな声《こえ》をあげて泣《な》き出《だ》した。

日菜子《ひなこ》は驚《おどろ》いた。まさか、泣《な》くとは思《おも》わなかった。学校《がっこう》で起《お》こした問題行動《もんだいこうどう》で怒《おこ》られる

とは思《おも》っていたけど、いなくなったことでこんなに心配《しんぱい》しているとは、夢《ゆめ》にも思《おも》わなかったのだ。よく見《み》ると母《はは》のスーツはあちらこちら汚《よご》れていた。もしかしたら今《いま》まで捜《さが》し回《まわ》ってくれていたのかもしれない。

「……ごめんなさい」

つぶやくように日菜子《ひなこ》は言《い》った。素直《すなお》に心《こころ》の中《なか》から出《で》てきた言葉《ことば》だった。

すると母《はは》はギュッと強《つよ》く日菜子《ひなこ》を抱《だ》きしめた。

「……何《なに》かあったのなら、お母《かあ》さんも戦《たたか》うから」

「え？」

「お母《かあ》さん、日菜子《ひなこ》が悪《わる》いことしたの認《みと》めたくないんだろうって、日菜子《ひなこ》言《い》ったでしょう？　そんな風《ふう》に思《おも》わせて、お母《かあ》さんこそごめん。お母《かあ》さん、ちゃんと校長先生達《こうちょうせんせいたち》に、謝《あやま》ってきたから。土下座《どげざ》して、謝《あやま》ってきたから」

「えっ……」

日菜子《ひなこ》は母《はは》の顔《かお》を見《み》た。母《はは》の目《め》からはまだ涙《なみだ》があふれている。

「お母《かあ》さん、日菜子《ひなこ》がどんなことをしても、日菜子《ひなこ》の味方《みかた》だよ。みんなが悪《わる》いということを日菜子《ひなこ》がしても、きっと理由《りゆう》があると思《おも》ってる。お母《かあ》さん、日菜子《ひなこ》のためならどんなことしても、日菜子《ひなこ》を守《まも》るよ。もしも日菜子《ひなこ》が間違《まちが》ったことをしたんなら、一緒《いっしょ》にお母《かあ》さんも謝《あやま》る！　どうしてそんなことをしちゃったのか、どうしたら日菜子《ひなこ》が本当《ほんとう》の日菜子《ひなこ》の笑《え》顔《がお》を取《と》り戻《もど》せるのか、一緒《いっしょ》に考《かんが》える。そして必要《ひつよう》なら一緒《いっしょ》にどんな相手《あいて》だって、お母《かあ》さん戦《たたか》う。絶対戦《ぜったいたたか》って、日菜子《ひなこ》を守《まも》ってみせるよ。絶対《ぜったい》、絶対《ぜったい》だよ」

今度《こんど》は、日菜子《ひなこ》が言葉《ことば》を失《うしな》う番《ばん》だった。

日菜子《ひなこ》のために、母《はは》は悪者《わるもの》になってくれた。日菜子《ひなこ》のために、日菜子《ひなこ》の分《ぶん》まで謝《あやま》ってくれた。日菜子《ひなこ》のために戦《たたか》うと、絶対守《ぜったいまも》ると言《い》ってくれた。

「……大丈夫《だいじょうぶ》だよ」

日菜子《ひなこ》の口《くち》からこぼれ出《で》る。母《はは》との会話《かいわ》でいつも言《い》う、いつもの言葉《ことば》。しかし母《はは》は抱《だ》きしめる腕《うで》に一層力《いっそうちから》を込《こ》め、

「大丈夫《だいじょうぶ》なんかじゃ、ない！」

唐突《とうとつ》に強《つよ》くはなたれた母《はは》の言葉《ことば》が、日菜子《ひなこ》の心《こころ》に響《ひび》いた。

「もう大丈夫《だいじょうぶ》なんて言《い》わないで。お母《かあ》さん、受《う》け止《と》めるから。日菜子《ひなこ》の苦《くる》しいことも、悲《かな》

しいことも、大丈夫《だいじょうぶ》じゃないことも、何《なに》もかも受《う》け止《と》めるから……！」

いい子《こ》じゃないといけない……。どうしてそんな風《ふう》に思《おも》ってたんだろう。こんなにもお母《かあ》さんは私《わたし》を受《う》け入《い》れてくれていたのに。心《こころ》の中《なか》のわだかまりを、母《はは》の言葉《ことば》が、腕《うで》の強《つよ》さが溶《と》かしていく。

大丈夫《だいじょうぶ》じゃなくても、抱《だ》きしめてくれる。

日菜子《ひなこ》に友《とも》だちがいなくても、大丈夫《だいじょうぶ》な良《よ》い子《こ》じゃなくても、母《はは》は強《つよ》く、こんなに強《つよ》く抱《だ》きしめてくれる。

「……お母《かあ》さん……」

日菜子《ひなこ》の目《め》からも、涙《なみだ》がこぼれ落《お》ちた。

「あたしね……ホントは、友《とも》だち、いないの」

「うん」

「みんなと一緒《いっしょ》にいるために、嘘《うそ》ばかりついてて、もう、しんどいんだ」

「うん」

「もう……学校《がっこう》……行《い》きたくないんだ………」

「うん」

「……辛《つら》かったんだよ、ホントは……」

なんでだろう、声《こえ》がかすれる。絞《しぼ》り出《だ》すように言《い》うと、顎《あご》が震《ふる》えてきた。

「あたしだって、本当《ほんとう》は嫌《いや》だった。好《す》きでもないアイドルのファンのフリしたり、興味《きょうみ》のないドラマの話《はなし》を合《あ》わせるために見《み》たり……。でも、そうしないと友《とも》だちが……作《つく》れなかったから………」

日《ひ》菜《な》子《こ》を抱《だ》きしめる母《はは》の手《て》にギュッと力《ちから》が入《はい》るのを感《かん》じた。

「怖《こわ》かったの。ずっと。嫌《きら》われて、学校《がっこう》に居場所《いばしょ》が無《な》くなるのが。友《とも》だちが居場所《いばしょ》だから、とにかく友《とも》だちが欲《ほ》しかった。あたしがあたしじゃなくなっても、友《とも》だちがいてくれればいいって、思《おも》ってた。友《とも》だちのいっぱいいる私《わたし》をお母《かあ》さんに見《み》せて、安心《あんしん》してほしかったた……。でも……苦《くる》しかっ………」

日《ひ》菜《な》子《こ》の目《め》から、涙《なみだ》があふれてきた。

「苦《くる》しかった……あたし、あたし……かわいそうだった………」

日《ひ》菜《な》子《こ》は母《はは》の肩《かた》に顔《かお》を押《お》し付《つ》けて声《こえ》をあげて泣《な》いた。その髪《かみ》を母《はは》は優《やさ》しく撫《な》でる。

「ごめんね。日菜子《ひなこ》はこんなに色《いろ》んな気持《きも》ち持《も》ってたのに、受《う》け止《と》めてあげられなくて」

母《はは》の温《あたた》かい想《おも》いが、どんどんと日菜子《ひなこ》の心《こころ》に満《み》ちてくる。

これでいいんだ、と、日菜子《ひなこ》はやっと安心出来《あんしんでき》る思《おも》いがした。

これで、いい。本当《ほんとう》はアイドルなんて興味《きょうみ》が無《な》い自分《じぶん》。手芸《しゅげい》が好《す》きな自分《じぶん》。みんなで悪《わる》口《くち》を言《い》うのが嫌《きら》いな自分《じぶん》。みんなに合《あ》わせるためにずっと押《お》し殺《ころ》し、隠《かく》し続《つづ》けて来《き》た自分《じぶん》。

あたしは、自分《じぶん》で、いいんだ。

穂波《ほなみ》の言葉《ことば》が心《こころ》によみがえる。

『自分《じぶん》は、たったひとつしかない、宝物《たからもの》なんだから』

エピローグ

カーテンを開《あ》けると、窓《まど》から透明《とうめい》な光《ひかり》が差《さ》し込《こ》んできた。日菜子《ひなこ》はその光《ひかり》の温《あたた》かさを全《ぜん》身《しん》に感《かん》じると、大《おお》きく深呼吸《しんこきゅう》をした。

「日菜子《ひなこ》、本当《ほんとう》に学校《がっこう》行《い》くの？」

ノックの音《おと》と共《とも》に、母《はは》が日菜子《ひなこ》の部屋《へや》に心配《しんぱい》そうな顔《かお》を出《だ》した。日菜子《ひなこ》は振《ふ》り返《かえ》ると、強《つよ》くうなずいた。

「うん」

日菜子《ひなこ》の母《はは》が学校《がっこう》に呼《よ》び出《だ》され、日菜子《ひなこ》が穂波《ほなみ》に川《かわ》で助《たす》けられてから、数日《すうじつ》が経《た》った。

日菜子《ひなこ》はその間《かん》、学校《がっこう》を休《やす》み、母《はは》は父《ちち》と日菜子《ひなこ》の学校《がっこう》のことで話《はな》し合《あ》った。

『日菜子《ひなこ》が望《のぞ》むなら転校《てんこう》したって、前《まえ》の学校《がっこう》に戻《もど》ったっていい』

両親《りょうしん》は、日菜子《ひなこ》にそう告《つ》げた。

しかし、日菜子《ひなこ》は今《いま》の学校《がっこう》に戻《もど》ることを選《えら》んだ。

「やめなさい」と両親《りょうしん》は言《い》ったが、日菜子《ひなこ》は首《くび》を横《よこ》に振《ふ》った。

ずっと、穂波《ほなみ》の言葉《ことば》が心《こころ》に刻《きざ》まれている。

『自分《じぶん》が宝物《たからもの》』

やり直《なお》したいのだ。自分自身《じぶんじしん》が自分《じぶん》を汚《よご》して、一度人生《いちどじんせい》を終《お》わらせた場所《ばしょ》で。

自分《じぶん》を誇《ほこ》れる自分《じぶん》になる……そのために。


「いってきます」

玄関《げんかん》を開《あ》けマンションの廊下《ろうか》に出《で》る。その時《とき》、左手《ひだりて》の手首《てくび》に、青《あお》い小《ちい》さな輝《かがや》きが目《め》に入《はい》った。その光《ひかり》に、日菜子《ひなこ》は小《ちい》さくうなずいた。

日菜子《ひなこ》の左手《ひだりて》には、またミサンガが巻《ま》かれていた。

澄乃《すみの》からダサいと笑《わら》われ、外《はず》していたミサンガだ。


「おはよー」

「おはよー」

校門《こうもん》をくぐると、登校《とうこう》してきた生徒達《せいとたち》の朝《あさ》の挨拶《あいさつ》が飛《と》び交《か》う。数日振《すうじつぶ》りの学校《がっこう》は、何《なに》ひとつ変《か》わっていない様《よう》に見《み》えた。

日菜子《ひなこ》が昇降口《しょうこうぐち》で靴《くつ》を履《は》きかえている時《とき》も、他《ほか》の生徒《せいと》たちは変《か》わらずおしゃべりしたり笑《わら》ったりしながら、教室《きょうしつ》へと向《む》かって行《い》く。

以前《いぜん》は地獄《じごく》の入口《いりぐち》だったここも、今日《きょう》は穏《おだ》やかだ。

また、日菜子《ひなこ》が死《し》んだことになっているかもしれない。どんな嫌《いや》がらせが待《ま》っているか、わからない。以前《いぜん》のいじめられた記憶《きおく》がよみがえり、思《おも》わず足《あし》が震《ふる》えてきた。

ううん……もうそんなことはどうでもいい。

何《なに》があっても、自分《じぶん》を守《まも》り抜《ぬ》く。そう、決《き》めたのだから。

学校《がっこう》を休《やす》んでいた間《あいだ》、日菜子《ひなこ》は考《かんが》えていたことがあった。

澄乃《すみの》はどうして万引《まんび》きなんてしたんだろう。寂《さび》しかったから？　ストレス発散《はっさん》？　でも結局《けっきょく》は他人《たにん》の心《こころ》の中《なか》は誰《だれ》にも分《わ》からない。自分《じぶん》で自分《じぶん》を大切《たいせつ》にして生《い》きるしかないんだ。

日菜子《ひなこ》は怖気《おじけ》づく自分《じぶん》を奮《ふる》い立《た》たせるように、ひとつ大《おお》きく息《いき》をつくと、大股《おおまた》で教室《きょうしつ》に向《む》かう廊下《ろうか》を歩《ある》き出《だ》した。

胸《むね》の鼓動《こどう》が大《おお》きく鳴《な》り響《ひび》く。

逃《に》げるもんか。

負《ま》けるもんか。

日菜子《ひなこ》は勇気《ゆうき》を振《ふ》り絞《しぼ》り、教室《きょうしつ》のドアを開《あ》けた。

教室《きょうしつ》から、いつも通《どお》りのざわめきがあふれ出《だ》す。

みんないつも通《どお》り、思《おも》い思《おも》いにおしゃべりし、笑《わら》い合《あ》っている。前《まえ》のように、日菜子《ひなこ》の姿《すがた》を見《み》た途端《とたん》、嫌悪《けんお》の表情《ひょうじょう》を見《み》せる者《もの》など、一人《ひとり》もいない。

自分《じぶん》の席《せき》を見《み》ると、休《やす》んでいる間《あいだ》に配《くば》られたプリントが数枚置《すうまいお》かれていた。以前《いぜん》のように遺影《いえい》も花《はな》も置《お》かれていない。ごく普通《ふつう》の、「欠席《けっせき》した生徒《せいと》」の机《つくえ》だった。

しかし、プリントの上《うえ》の一枚《いちまい》のメモ用紙《ようし》が目《め》に入《はい》った。ドクン、と、日菜子《ひなこ》の胸《むね》が重《おも》く痛《いた》む。何《なに》があってもこらえてみせると覚悟《かくご》を決《き》めはしても、やはり動揺《どうよう》してしまう。

何《なに》が書《か》かれているのか……うざい？　キモイ？　死《し》ね？…………

手《て》にした日菜子《ひなこ》は、目《め》を丸《まる》くした。そのメモ用紙《ようし》には、可愛《かわい》いクマのキャラクターから出《で》た、ハート形《がた》の吹《ふ》き出《だ》しに、こう書《か》かれていた。

〈今《いま》まで、ゴメンね！　これからは、仲良《なかよ》くしてね！　公佳《きみか》〉


「日菜子《ひなこ》、読《よ》んでくれた？」

掛《か》けられた言葉《ことば》に振《ふ》り返《かえ》ると、後《うし》ろに公佳《きみか》、麻耶《まや》、真美《まみ》が立《た》っていた。三人《さんにん》とも笑顔《えがお》を浮《う》かべていたが、そのぎこちない感《かん》じから、今《いま》まで日菜子《ひなこ》に行《おこな》っていた行為《こうい》に対《たい》する後《うし》ろめたさは隠《かく》しきれない。

「あのさ……。あの、今《いま》まで色々《いろいろ》、ホントごめんね」

「あたし達《たち》、あの……。言《い》っちゃうけど、マジで日菜子《ひなこ》のこと嫌《きら》いで、今《いま》までのことしてたわけじゃないから」

「澄乃《すみの》に言《い》われたからさ……。あたしはホントはやだったんだけど、澄乃《すみの》、言《い》うこと聞《き》かないと、マジ大変《たいへん》じゃん」

「ね？　サイテーだよね、澄乃《すみの》」

澄乃《すみの》。

名前《なまえ》は出《で》てるけど、見当《みあ》たらない。日菜子《ひなこ》を苦《くる》しめた親友《しんゆう》。教室《きょうしつ》を地獄《じごく》に変《か》えた悪魔《あくま》。

公佳《きみか》たちの向《む》こう側《がわ》に目《め》をやると、ベランダでたった一人柵《ひとりさく》にもたれかかっている後ろ姿《うしろすがた》が見《み》えた。澄乃《すみの》だ。いつもキリリときれいに結《ゆ》い上《あ》げられていたポニーテールは心《こころ》なしか緩《ゆる》んでボサボサになり、丸《まる》まった背中《せなか》はかつての凛《りん》とした明《あか》るさをすっかり失《うしな》っている……。

そういうことか。

数日前《すうじつまえ》の一件《いっけん》で、澄乃《すみの》は嘘《うそ》がばれたのだ。その恐怖政治《きょうふせいじ》で手《て》にしていたにすぎなかった友情《ゆうじょう》は、あっけなく壊《こわ》れた。みんな澄乃《すみの》から離《はな》れ、手《て》を切《き》り、新《あたら》しい派閥《はばつ》を作《つく》ったのだ。

その新《あたら》しいリーダー……権力者《けんりょくしゃ》が、公佳《きみか》。

「あのさ、あたし達《たち》、澄乃《すみの》の悪事《あくじ》の被害者《ひがいしゃ》じゃん？　被害者《ひがいしゃ》どうし、仲良《なかよ》くしよ？」

公佳《きみか》がにっこりと笑《わら》い、日菜子《ひなこ》に言《い》った。

「これからは、クラスのみんなで、澄乃《すみの》のことハブることに決《き》めたから」

「いつまでも付《つ》き合《あ》ってらんないよね。あのアイドルバカにさ」

真実《まみ》と麻耶《まや》が笑《わら》う。それにつられて、周囲《しゅうい》のクラスメート達《たち》も笑《わら》った。

そんな中《なか》、日菜子《ひなこ》の周《まわ》りだけ、空気《くうき》がすうっと冷《さ》める。

日菜子《ひなこ》は笑《わら》わない。面白《おもしろ》くなんてない。こんなこと、ちっとも。もう、嘘《うそ》をつかない。

「……あたし、別《べつ》に被害者《ひがいしゃ》だなんて思《おも》ってないから」

「え、でも……」

「気《き》を遣《つか》ってくれて、ありがとう。でも、いらないから。そういうの」

低《ひく》くそう言《い》って、机《つくえ》の上《うえ》のプリントをチェックする。

もう、誰《だれ》かをハブすることで深《ふか》める絆《きずな》なんて、欲《ほ》しくない。誰《だれ》かを貶《おとし》めることで盛《も》り上《あ》がる会話《かいわ》になんて、入《はい》りたくない。

一人《ひとり》だって、怖《こわ》くない。嫌《きら》いな自分《じぶん》になるくらいなら。

あたしは、宝物《たからもの》の自分《じぶん》を、大切《たいせつ》にするんだ。

日菜子《ひなこ》はプリントを机《つくえ》にしまうと、教室《きょうしつ》から廊下《ろうか》に出《で》た。

「あ」

ちょうど穂波《ほなみ》が登校《とうこう》してきたところだった。穂波《ほなみ》は日菜子《ひなこ》の顔《かお》を見《み》ると、小《ちい》さく笑《わら》った。

「おはよう」

「おはよう」

「英語《えいご》、休《やす》んでいる間《あいだ》、家《いえ》で進《すす》めてた？　あなたそろそろ当《あ》たるよ」

「え、ホント？　どのへん？」

穂波《ほなみ》がノートを出《だ》す。穂波《ほなみ》は、何《なに》も言《い》わない。特別《とくべつ》日菜子《ひなこ》に気《き》を遣《つか》うことも、心配《しんぱい》してたようなことも、一切《いっさい》匂《にお》わせない。その感《かん》じが、日菜子《ひなこ》にはすごく居心地《いごこち》が良《よ》かった。

「見《み》せて」

そう言《い》って穂波《ほなみ》からノートを受《う》け取《と》る。その腕《うで》に巻《ま》かれたミサンガが、キラリと朝日《あさひ》に輝《かがや》いた。

「あら、何《なに》それ？」

目《め》を止《と》めた穂波《ほなみ》が興味津々《きょうみしんしん》に聞《き》いてくる。ダサいと言《い》われ、外《はず》していたミサンガ。本当《ほんとう》は大好《だいす》きなブルーを基調《きちょう》にした、お気《き》に入《い》りのビーズを使《つか》って作《つく》ったミサンガだ。もう、何《なに》を言《い》われても気《き》にしない。日菜子《ひなこ》はニッコリ笑《わら》って答《こた》えた。

「これ、ミサンガ。あたしが作《つく》ったの。お気《き》に入《い》りなんだ」

「へえ」

マジマジと見《み》つめ、穂波《ほなみ》は目《め》をキラキラさせながら日菜子《ひなこ》に言《い》った。

「きれい。ねえ、あたしにも作《つく》れる？　作《つく》り方《かた》、教《おし》えて」

好《す》きなことを、一緒《いっしょ》に好《す》きになれる人《ひと》がいる。

穂波《ほなみ》の言葉《ことば》は、日菜子《ひなこ》の心《こころ》を明《あか》るい光《ひかり》でいっぱいに満《み》たした。日菜子《ひなこ》は嬉《うれ》しくて、胸《むね》がドキドキしてきた。

「う、うん！　一緒《いっしょ》に作《つく》ろうよ！　今度《こんど》材料《ざいりょう》買《か》いに行《い》こう！」

「ありがとう。楽《たの》しみー」

穂波《ほなみ》と日菜子《ひなこ》は一緒《いっしょ》に微笑《ほほえ》み合《あ》った。

明《あか》るい朝《あさ》の日差《ひざ》しは、そんな二人《ふたり》を優《やさ》しく、温《あたた》かく、包《つつ》み込《こ》んでいた。

Shogakukan Junior Bunko

★小学館ジュニア文庫★

いじめ —闇からの歌声—

2016年5月30日　初版第1刷発行

著者／武内昌美
原案・イラスト／五十嵐かおる

発行者／細川祐司
編集／稲垣奈穂子

発行所／株式会社　小学館
〒101-8001　東京都千代田区一ツ橋2－3－1
電話　編集　03-3230-5613
販売　03-5281-3555

印刷・製本／加藤製版印刷株式会社

デザイン／積山友美子

★本書の無断での複写（コピー）、上演、放送等の二次利用、翻案等は、著作権法上の例外を除き禁じられています。本書の電子データ化などの無断複製は著作権法上の例外を除き禁じられています。代行業者等の第三者による本書の電子的複製も認められておりません。
★造本には十分注意しておりますが、印刷、製本など製造上の不備がございましたら、「制作局コールセンター」（フリーダイヤル0120-336-340）にご連絡ください。
（電話受付は土・日・祝休日を除く9:30～17:30）

©Masami Takeuchi 2016 ©Kaoru Igarashi 2016
Printed in Japan　ISBN 978-4-09-230868-8